KB183913

베네스타의 노래

老교수의 자전적 간병일기

정타관 지음

북스힐

차례

3부

155

곤고한 이 몸 주를 바라며...

책 머리에

사랑하는 아내가 하늘나라로 떠난 시간부터 거슬러 올라가, 1년 4개월 동안은 아내와 같이 살아온 50여 년의 시간 중에 가장 조밀하고 힘든 시간이었습니다. 그 시간은 내 뇌리에 깊이 각인되어 쉽게 잊지 못하고 있습니다.

나 자신도 뇌출혈로 수술을 받았으며 전립선암으로 방사선치료를 받는 등 나의 몸과 마음도 정상적이지 않았습니다. 그러나 아내가 먼저 하늘나라로 떠난 후 생각해 보니 아내를 위해 왜 좀 더 섬세하고 사랑으로 감싸주지 못했던가 하는 자괴감이 듭니다.

아내의 빈자리는 무엇으로도 채울 수 없는 공백의 상태이며, 낯선 행성에 추락한 외계인의 주위처럼 낯설고 헛헛한 기운만이 가득합니다. 하루하루 후회와 회한, 반성의 시간에서 벗어날 수 없으니, 삶에 대한 성찰의 깊이만 더해갑니다. 시간을 되돌릴 수 있다면 얼마나 좋을까? 그러나 누구에게도 시간을 되돌릴 수 있는 능력은 없습니다. 다만 내가 사랑하는 아내를 위해 할 수 있는 일은 아내와 함께한 기억을 기록으로 남기는 일입니다. 이 기록은 힘들었던 아내의 투병 생활과 내 삶의 본질에 대해 성찰하고 싶은 마음에서 쓴 자전적 간병 일기입니다.

췌장암 4기 판정을 받기 전부터 아내는 짜증이 늘어나고 있었습니다. 갱년기를 넘긴 나이이기에 나는 그 이유를 깊이 생각하지 못하고 못마땅하게 대했던 생각에 밀려오는 회한으로 잠을 설치고 있습니다. 그 당시 아내는 파킨슨병 치매를 앓고 있었는데 그 증세를 파악하지 못했던 것입니다. 무기력하여 몸이 처지고 감정조절이 어려워 짜증을 내는 것을 받아들이지 못했던 것입니다. 심성이 착한 아내는 나와 의견충돌이 있을 때마다 내 의견을 먼저 존중해주던 여리고 착하디착한 사람이었습니다. 내 삶에 굴곡이 있어 괴로워할 때마다 용기와 배려로 온화함을 잃지 않던 사람이었습니다.

이 책은 아내가 강북 삼성병원 응급실에 입원한 그날부터 우리가 함께 걸었던 인왕산 둘레길에서의 마지막 순간까지의 기억을 바탕으로 쓴 것입니다. 아내가 췌장암 4기로 판명되고 나서 낙상으로 인한 고관절 수술과 다리 림프부종, 혓바닥 백태와 연하장애(삼킴 장애), 파킨슨병치매 증세 등에 관한 것과 나의 뇌출혈로 인한 뇌수술 과정과 전립선암으로 방사선치료를 받은 것까지 수록했습니다.

그리고 우리 부부의 이야기를 담았습니다. 나의 경험상 암 환자와 가족들이 겪는 고통과 어려움은 글로 모두 표현할 수가 없었습니다.

막막한 어둠 속에서도 완쾌의 끈을 놓지 않고 병마와 사투를 벌이고 있는 분들에게 작은 위로와 도움이 되길 간절히 기도합니다.

2024년 가을

정타관

베데스다의 노래에 부쳐

-사랑이여 찬란한 빛이여, 한 폭의 그림이여-

정타관 집사님과 고인이 된 김태기 권사님은 새문안교회에 이른 아침예배가 시작할 때부터 꾸준하게 참석하신 분들입니다.

이른 아침예배 시간에 오누이처럼 다정하게 동행하는 모습이 온화하고 평화로워 깊은 신앙심이 절로 느껴지는 부부였습니다.

그런데 김태기 권사님께서 하나님의 부름을 받고 먼저 떠나셨다는 소식에 가슴에 흐른 눈물 자국을 쉽게 지우질 못하고 있습니다.

하나님께선 신앙심 깊은 사람이 더 쓸모가 있어 먼저 부르신다하지만 남은 형제들이 받는 비통함과 슬픔은 쉽게 떨쳐버릴 수 없는 것이 현실입니다.

정타관 집사님은 아내의 간병 중에 뇌출혈로 쓰러져 수술을 받으면서도 아내에 대한 극진한 사랑의 끈을 놓지 않고 견디신 분입니다. 이 사랑은 깊고도 오랫동안 다져진 신앙심 없이는 불가능하다고 생각합니다.

저는 간병일기인 "베데스다의 노래"가 아내에 대한 사랑의 노래이고, 추억을 간직하고픈 비망록이지만 신앙인으로서 슬픔과 외로움, 욕심과 회한까지 모두 비우고 거듭남으로서 평온과 마음의 평화를 찾으려는 경건한 기도라고 감히 느낍니다.

하나님의 이름을 빌어 두 분의 사랑을 찬양합니다.

살아있는 모든 생명에 사랑을 찬양합니다.

2024년 늦은 시월

조병철 (시인, 전 조선일보 문화부장, 출판국장)

베데스다 연못가에서
아내와 함께 있고 싶었던 사람

지난여름 무더위가 일찍 찾아온 이른 여름. 평소 존경하는 정타관 교수님으로부터 한 뭉치의 원고를 받았습니다.

정타관 교수님은 사랑하는 부인을 먼저 하늘나라에 보내고 둘 곳 없는 마음을 안고 미국으로 가서 3개월여 동안 꼬박 이 글을 쓰셨습니다.

간병과 임종까지의 이야기는 어렵지 않게 볼 수 있는 내용입니다. 하지만 정타관 교수님의 〈베데스다의 노래〉는 첫 원고서부터 끝나는 대목에 이르기까지 절절히 피눈물을 흘리며 저자가 썼다는 것을 쉽게 알아볼 수 있었습니다.

세상에 말로서 되지 못할 일이 어디에 있겠습니까? 문제는 말한 것만큼 행동으로 보이기는 쉽지 않은 일입니다. 이 〈베데스다의 노래〉에서는 말보다는 행동의 모습이 얼마나 아름답고 진실함과 감동을 주는지를 보여 주고 있습니다.

저에게 원고를 처음 가져왔을 때의 분량은 원고지 1,500매가 넘는 양이었습니다. 부인의 암 선고를 받고 임종에까지 걸린 시간이 불과 1년 4개월이라는 길다면 길고 짧다면 짧은 시간이었지만 저자가 토해낸 글은 엄청난 양이었습니다.

대학에서 공학을 강의하신 교수님의 모습과는 달리 얼마나 세밀하시고 꼼꼼하신지 부인과의 모든 일들이 눈에 환히 보일 정도로 역동적이고 자세했습니다. 너무나 사랑하는 부인이었기에 부인과의 일을 어느 하나 놓고 싶지 않았던 필자의 마음을 알 수 있었습니다.

쓸 게 많다는 것은, 할 말이 많다는 뜻이고, 할 말이 많다는 뜻은 그만큼 했기 때문에 나타나는 결과입니다.

사람은 부모님을 통해 하나님이 정해 주신 생명의 길로 갑니다. 그리고 언젠가는 죽음의 강을 만나고 그 강을 건넙니다.

이 책은 부부가 되어 평생 함께 살아가면서 겪었던 모든 일을 우리 대신 쓴 것 같은 착각을 줍니다. 그만큼 비슷비슷한 우리 일상을 자세하게 진실한 묘사를 한 것입니다. 살다 보면 아무리 사랑하는 사람이라도 그 사랑에 시험과 시련이 닥쳐옵니다. 사람 마음도 연약하여 시험에 들고 이성을 잃기도 합니다. 정타관 교수님 또한 우리와 다르지 않습니다. 하지만 아내를 생각하면 모든 것이 자기 탓이요 모든 것이 내 불찰이요 모든 것이 자신의 어리석음이었다는 고백을 토해내는 모습에서는 우리는 그의 진실에 감동해 눈물을 흘리지 않을 수 없었습니다. 필자의 이런 모습이 고난과 시험 속에서 주님의 말씀을 믿으며 걸어온 길을 우리에게 보여 주고 있습니다.

> 사람이 감당할 시험 밖에는 너희가 당한 것이 없나니
> 오직 하나님은 미쁘사 너희가 감당하지 못할 시험 당함을
> 허락하지 아니하시고 시험당할 즈음에 또한 피할 길을 내사
> 너희로 능히 감당하게 하시느니라 (신약 개역 개정 고전10:13)

한동안 새문안교회 13층 창밖으로 정타관 교수님은 얼굴을 들지 못했습니다. 눈물이 앞을 가려 그랬습니다. 창밖에는 그림 같이 멋진 인왕산이 눈앞에 펼쳐져 있지만, 필자에게는 부인의 생전 마지막 날까지 함께 걸었던 풍경으로 다가오는데 어찌 눈물을 흘리지 않을 수 있겠습니까?

정타관 교수님의 순애보적 정신이 깃든 책 〈베데스다의 노래〉는 감동과 생각할 바를 잘 알려줄 것이라 믿습니다. 특히 긴 세월 부부와 함께 사는 분들에게 꼭 읽히기를 바라는 책입니다

2024. 11. 1 새문안교회 13층 홀에서

이희갑 (아동문학작가 · (사)어린이문화진흥회 이사장)

사랑하는 아내 김태기

사랑은 오래 참고 사랑은 온유하며 시기하지 아니하며

사랑은 자랑하지 아니하며 교만하지 아니하며

무례히 행하지 아니하며 자기의 유익을 구하지 아니하며

성내지 아니하며 악한 것을 생각지 아니하며

불의를 기뻐하지 아니하며 진리와 함께 기뻐하고

모든 것을 참으며 모든 것을 믿으며

모든 것을 바라며 모든 것을 견디느니라

사랑은 언제까지든지 떨어지지 아니하나

예언도 폐하고 방언도 그치고 지식도 폐하리라

[고린도전서 13:4-8]

설악산 울산바위를 배경으로(2020년)

발칸반도 여행(2012년)

효영이 시집가는 날. 가족 단체사진(아내의 빈자리가 너무 크게 느껴진다)

해병대 사관 45기 총회 날(2022년)

제1 여전도회 야유회(2018년)

경조부 남산에서(2018년)

제1 여전도회 양화진 외국인 선교사 묘원방문(2018년)

제1 여전도회 단체사

1부 ────────── 청천벽력 같은 소식 ──────

발병

나의 아내 김태기가 속이 쓰리다고 그동안 동내 '○○내과의원'
에서 진료를 받으니 위염이라고 한다. 그런 줄로만 알고 지난 8월
초부터 약 3개월 동안 열심히 약을 먹으면서 치료를 했다. 그러나
조금 나아졌다가 다시 나빠지는 상황이 반복되며 너무 오랫동안
차도가 없었다. 이건 아니다 싶어 큰 종합병원으로 가보기로 했
다. 그래서 오늘 '강북 삼성병원' 응급실에 입원하여 혈액검사를
비롯하여 CT복부 촬영 등 여러가지 검사를 시작했다.

　설마 암이라고는 상상조차 하지 못하고 응급실에 입원하여 채
혈하고 팔에 이런저런 수액주사를 맞으면서 응급실 의사 선생님
이 지시하는 대로 지켜보고만 있었다.

응급실의 첫날은 답답하고 지루하고 조급한 시간의 연속이었다.

입원 첫째 날이 지나고 둘째 날에도 팔에 여러 개의 수액주사를 맞으면서, CT 전신 촬영을 비롯하여 복부 CT 촬영, 위내시경을 통한 췌장 조직검사, MRI 촬영 등 검사가 계속되었다.

입원 셋째 날은 PET CT 촬영을 했다.

검사 결과는 청천벽력. 하늘이 무너지는 충격을 주었다.

나는 부들부들 떨리는 손으로 우리 식구 단체 카톡방에 다음과 같이 글을 올려 모두에게 아내의 발병 사실을 알렸다.

"오늘 이 아침에 놀라운 소식을 전하게 되어 미안하다.

다름이 아니라 희윤이 할머니가 지난 월요일 속쓰림이 심해서 강북 삼성병원 응급실에 왔는데 CT 촬영, MRI 촬영, PET CT 촬영, 조직검사 등 검사 결과 췌장암으로 판명되었다. 의사 말로는 수술보다 약물치료를 이야기하는데 상세한 사항은 오후 4시 30분에 설명한다고 한다. 다들 잘 치료되고 빨리 쾌차할 수 있도록 기도하기 바란다."

📆 11월 24일

입원 넷째 날. 응급실 담당 의사가 병실 회진을 도는 중에 그동안의 검사 결과에 대하여 간략하게 설명 했다.

"병이 엄청 진행된 상태입니다. 췌장암 4기입니다.

폐와 복강에도 전이가 되었어요.

지금 상태로는 수술은 별로 의미가 없고 빨리 약물치료를 해야 합니다.

내일부터 당장 약물치료에 들어가야 하는데 2주에 한 번씩 3박 4일 입원하여 치료해야 합니다.”

라고 한다.

의사 말을 듣는 순간 머리를 큰 망치로 맞은 느낌이었다. 마치 현실이 아닌 꿈에서나 있을 법한 일이 아닌가. 나는 정신이 아찔한 순간을 겨우 수습하며 의사의 말을 들었다.

암이라고 하면 누구나 지레 겁부터 집어먹기 마련인지라 의사 선생님에게 무슨 말을 해야 할지 망설이다가, 차마 입이 떨어지지 않았지만 그래도 그냥 지나칠 수 없는 문제이므로

“그러면 얼마나 더 살 수 있습니까?”

하고 물어보았다.

담당 의사는 잠시 머뭇거리더니

“복강까지 전이가 된 췌장암 4기면 평균적으로 생각했을 때 약 4개월로 보입니다.

약물치료를 하지 않으면 훨씬 빨리 임종을 맞이할 수 있지만, 약물치료를 잘하면 1년 넘게 견디는 분들도 있습니다.”

라고 한다.

이런 청천벽력이 어디 있단 말인가? 세상에 아무리 극악무도

한 악질적인 범죄자도 당장 죽이지 않는데 이게 무슨 말인가? 그동안 속이 쓰리다고 하여 동네 의원에서 약을 처방받아 열심히 복용하면서 죽을 끓여 먹기도 하였으나 몸에 별다른 문제는 없었던 아내가 아닌가. 그런데 이제 살아갈 수 있는 날이 고작 4개월이라니 이게 무슨 말인가?

믿을 수가 없었다. 어디서 헛것을 보았나. 충격에서 벗어날 수 없었다.

내 마음이 황당한 가운데 두 동생과 처제, 그리고 친하게 지내는 용인 수지에 사는 해병대 동기인 김 회장에게 아내가 암 판정을 받았다는 사실을 알렸다. 그리고 아내가 평소에 친하게 지내는 교회 이 권사님에게도 알렸다.

해병대 동기인 김 회장 부부와 바로 아래 동생 부부가 황급히 응급실에 달려왔다. 코로나19로 환자 면회는 하지 못해 병원 1층 로비에서 나만 보고, "무슨 이런 일이 있냐?" 그들 또한 믿을 수 없다면서 함께 걱정하다가 돌아갔다. 바로 아래 동생이 카톡 문자로 다음과 같은 기도문을 나에게 보내왔다.

하나님 아버지!
지금, 이 시간 주님께 간절히 기도드립니다.
삼성병원 중환자실에 누워있는
주님께서 사랑하시는 귀한 자녀,

김태기 권사님께 임하여 주시옵소서.

12년 동안 혈루병을 앓았던 여인의 혈루의 근원이 다 사라

지게 하고,

예수그리스도로,

진리로,

말씀이 육신이 되어 새 몸을 주신 것처럼,

지금 이 순간 사랑하는 김태기 권사님의

췌장을 고쳐 주시옵소서!

하나님의 치료의 광선을 발하여 주시옵소서!

예수그리스도께서 채찍에 맞으심으로

우리가 나음을 입었다고 하셨습니다.

예수그리스도의 이름으로 명하노니

김태기 권사님의 췌장이 소생될지어다!

전이되고 있는 암세포가 깨끗하게 치유될지어다!

모든 악하고 잘못된 세포들은 소멸될지어다!

혈관이 뚫리고, 호흡과 의식이 정상적으로 돌아올지어다!

주님, 지금 이 시간 간절히 간구하오니,

역사하여 주시옵소서!

주님의 능력으로 치료하여 주시옵소서!

거룩하신 주

예수그리스도의 이름으로 기도 드리옵나이다.

아멘.

하루가 어떻게 지나갔는지 모르겠다. 너무나 긴 긴 하루였다.

입원 닷새째 날부터 1차 항암 주사를 맞기 시작했다. 항암주사는 2시간짜리 주사액 2개, 8시간짜리 주사액 2개이다.

강북 삼성병원에서 일반병실로 옮겨서 2박 3일 동안 입원하여 항암주사를 맞는데 간호사가 수시로 찾아와서 환자의 상태가 어떤지 점검하고, 혈압도 체온도 수시로 체크하고 주치의 교수도 매일 들러서 힘내라고 용기를 북돋아주어서 어리둥절한 가운데 2박 3일이 흘러갔다.

아내도 처음 맞는 항암주사라서 마음속으로 '꼭 암을 이겨내리라'고 다짐을 하는지 별말 없이 주사를 잘 맞았다.

아내가 항암주사를 맞고 나서 첫 식사를 하는데 구토증세로 무척 힘들어했다. 그러나 병실 내에 있는 TV를 보든지 창밖을 보든지 하면서 며칠 동안 구토를 하지 않고 힘들게 잘 참아주었다. 항암주사를 맞으면 구토증세 등으로 식사를 하지 못해 힘들어한다는 이야기는 많이 들어왔는데, 아내가 이리 잘 견디고 있으니 대단하다고 생각했다. 그녀의 의지와 결심이 무척 강함을 느꼈다. 고마웠다.

그런 아내가 첫 항암주사를 맞고 나서 약 한 달 정도를 지나는 동안 매우 힘들어했다. 병원에서 특별하게 금식을 하라고 해서 금식한 것 이외에는, 운명하기 직전까지 단 한 끼도 식사를 걸러본 적이 없다. 암 환자가 식사를 잘하지 못하고 굶으면 안 된다는 것을 아내도 잘 알고 있기 때문에 구토증세가 있어도 억지로 참고 식사를 했던 것 같다.

강북 삼성병원에 아내가 입원해 있는 동안 특별하게 간병할 일이 없으므로 나는 밤이 되면 10분 거리에 있는 집에 와서 잠을 자고, 날이 밝으면 아내 곁으로 가서 말동무가 되기도 하고 잔심부름을 하기도 했다. 마치 현실이 아닌 환상의 세계에 살고 있는 느낌이 들었다.

아내를 병실에 홀로 두고 집으로 가면서 어둑어둑한 밤거리를 걷는데 아내가 앞으로 약 4개월 정도밖에 살 수 없다는 생각에 눈물이 하염없이 흘러내렸다.

하나님 아버지가 이렇게 우리에게 시련을 주시다니 이해가 안 된다.

시련을 주시더라도 감당할 만한 시련을 주신다고 했는데…….

하나님 아버지가 원망스럽다.

대체 하나님은 우리에게 어떤 큰 뜻을 품으시고 이다지도 엄청난 시련을 주시는 건지 알 수가 없다.

항상 기뻐하라.

쉬지 말고 기도하라.

범사에 감사하라.

이는 그리스도 예수 안에서 너희를 향하신

하나님의 뜻이니라.

(데살로니가전서 5:16~18)

평소에 달달 외우고 다니던 성경 구절 말씀인데 이 상황에서 어떻게 기뻐하고, 어떻게 감사할 수가 있단 말인가? 성경 말씀은 그럼에도 불구하고 기뻐하고, 그럼에도 불구하고 감사하라는 뜻인데, 참으로 답답하고 기가 막히는 노릇이 아닐 수가 없다.

이 기막힌 상황을 누구와 의논할 곳도 하소연할 곳도 없다. 평소에 무슨 일이 있을 때는 항상 함께 의견을 주고받곤 하던 동반자 아내가 갑자기 이런 상황이 되고 보니 너무나 황당하고 어이가 없었다.

눈보라가 치는 허허벌판에 나 홀로 내동댕이쳐진 기분이다.

그러던 중에 새문안교회 '중보기도부'가 생각이 났다. 어려운 일에 부닥쳤을 때 무엇보다 기도가 최우선이라는 생각에, 중보기도부 부장에게 전화를 하여 자초지종 설명을 하고 기도를 부탁한다고 하였다. 그랬더니 다음날 이른 아침 예배시간에 이 사실이 알려지게 되었고, 우리 아내를 알고 친하게 지내던 사람들은 '멀쩡하던 사람이 이게 무슨 소리냐?'고 전화가 빗발치게 걸려 왔다.

전화를 받을 때마다 상황을 반복하여 설명해야 하니 그때마다 서러움이 북받쳐 올랐다.

누군가 널 위해 기도 하네
마음이 지쳐서 기도할 수 없고
눈물이 빗물처럼 흘러내릴 때
주님은 우리 연약함을 아시고
사랑으로 인도하시네

누군가 널 위하여 누군가 기도하네
내가 홀로 외로워서 마음이 무너질 때
누군가 널 위해 기도하네

우리의 마음이 지쳐 있을 때에
갈보리 십자가를 기억합니다.
주님은 우리 외로움을 아시고
우리 맘에 기쁨 주시리

누군가 널 위하여 누군가 기도 하네
내가 홀로 외로워서 마음이 무너질 때
누군가 널 위해 기도하네

아내가 4개월 정도밖에 살 수 없다는 것을 알게 되면 얼마나 충격적일까? 소심한 아내의 성격을 생각하면 시한부 삶을 알리는 일은 나로서는 도저히 할 수 없었다. 이 사실을 말해야 할까 말아야 할까? 고민이 많았다. 그런데 아내는 내가 자주 눈물을 흘리는 것을 보고 오래 살 수 없다는 것을 눈치챘던 것 같다.

어느 날 아내가 나에게 불쑥 물었다.

"새문안 추모관에 납골당 예약을 하는 게 어떻겠어요?"

나는 속으로 뜨끔했지만 못 들은 척했다. 이 상황에 아내에게 무어라고 말을 해야 할 지 도무지 생각이 나지 않았다. 아내의 말대로 새문안 추모관에 납골당 예약을 하게 되면, 아내가 곧 임종하게 된다는 것을 인정하는 꼴이 되므로 나는 그렇게 할 수 없었다. 그 이후로 아내는 더 이상 새문안 추모관 얘기를 꺼내지 않았다.

아내가 아프기 훨씬 전에 이런저런 이야기 도중 아내에게

"당신이 죽으면 땅에 묻을까요? 아니면 화장할까요?"

하고 물은 적이 있었다.

"자기가 먼저 죽어야지."

아내는 이렇게 말 하면서

"과부는 깨가 서 말이고 홀아비는 이가 서 말이라는 말이 있듯이, 남자가 먼저 세상을 떠나야 순리에 맞다."

라고 말을 했던 적이 있다.

또 어느 날은 내가 큰아들에게

"내가 죽으면 화장해서 산이나 강에 뿌려줘."

라고 말했었다. 그러나 이건 간단한 문제가 아니다. 상황과 형편이 좋은 때에는 별문제가 되지 않겠지만, 살다가 힘이 들거나 외로울 때에는 누군가에게 하소연할 수 있는 곳이 있으면 좋겠다는 생각을 하게 되었다. 그중 하나가 바로 부모일 것이다. 가장 힘들 때에는 기대어 하소연을 할 곳이 필요할 것이다. 뼈와 살을 물려준 부모가 그런 정신적 안식처가 될 수 있겠다는 것이다.

하나님을 믿는 기독교 교인으로서 하나님께 기도하고 하나님만 의지하면 될 것이지 무슨 그런 소리를 하느냐고, 나에게 믿음이 없다고 할지도 모르겠다.

내가 아무리 믿음이 있다 한들 자신의 믿음으로 자녀들의 믿음까지 보장되는 것은 아니다. 그리고 인생은 예상치 못한 일들로 가득하고 때로는 믿기 어려운 상황에 직면할 수 있다. 그러므로 나는 개인적인 믿음도 중요하지만, 안전장치가 많을수록 좋다고 생각한다.

그래서 얼마 전에 큰아들에게 "내가 죽으면 '새문안 추모관' 너희들 엄마 곁에 안장하되, 약 20년이 지나고 나면 유골을 산골散骨하도록 하고, 납골당에 계속 안치해 두지 마라."고 일러두었다.

35

아내가 강북 삼성병원에 입원한 지 일주일 만에 일단 집으로 퇴원하여 다른 병원도 알아보기로 했다. 아내가 췌장암 진단을 받자마자 여기저기서 다양한 정보가 밀려들어 왔다. 이 교수가 유명하다, 저 병원이 잘한다, 이 요양원이 좋다, 저 요양원이 좋다며 여러 사람들의 조언이 쏟아졌다. 암 치료는 이렇게 해야 한다, 저렇게 해야 한다는 방법론도 다양했고 심지어 어떤 물을 마셔야하는지에 대한 정보까지 넘쳐났다. 갑작스럽게 밀려드는 정보에어떻게 대처해야 할지 몰라 안타까운 마음이 가득했다.

췌장암이란 췌장에 악성종양이 생긴 것이다. 여태껏 평소에는생각조차 해 보지 않은 췌장이었기에 만사 제쳐 놓고 췌장의 정체를 알고 싶었다. 헤아릴 수 없을 만큼 많은 췌장 관련 자료를 살펴보며 난감한 마음은 풍선처럼 불어나기 시작했다.

췌장

췌장은 명치끝과 배꼽 사이 상복부에 위치한 일종의 소화기관으로서, 각종 소화효소와 인슐린을 분비하여 장내 음식물을 분해하고 혈당을 조절하는 역할을 담당한다. 췌장은 십이지장과 연결되어 있어 분비된 소화효소는 십이지장으로 배출되고 위에서 내려온 음식물들과 섞인다.

췌장은 해부학적으로 두부(머리 부분), 체부(몸통 부분), 미부(꼬리 부분)로 나누어진다. 두부는 담관(담즙의 배출 통로)과 연결되어 있어 두부에 췌장암이 발생하면 담관이 막히면서 황달이 나타날 수 있다. 미부는 비장과 연결되어 있다. 소장과 대장 일부에 혈액을 공급하는 상장간막동맥은 대동맥으로부터 분지되어 췌장과 인접해 주행한다.

췌장암 Pancreatic cancer

췌장에 발생하는 종양은 인슐린 등 호르몬을 분비하는 내분비 세포에서 발생하는 종양(5~10%)과 소화효소의 분비와 관련된 외분비 세포에서 기원하는 종양(90% 이상)으로 나눌 수 있다. 내분비 세포 기원의 기능성 종양은 극히 드물다.

췌장암의 대표적인 증상은 복통, 황달, 체중감소, 식욕부진 등이 있지만, 실제 초기에는 증상이 거의 없다. 증상이 있어도 막연한 상복부 통증이나 불편감, 소화장애 정도로 일상에서 많이 겪는 위장관질환과 구분이 어렵다. 위·대장검사에서 특별한 소견이 없는데 지속해서 복통이 있으면 췌장암을 의심할 수는 있다. 더욱이 위장약을 복용하고 있는데도 증상의 호전이 없으면 췌장암 검사를 시행해 볼 수 있다.

아내는 지속적인 복부 통증을 호소했음에도 불구하고, 나는 단지 위 염증으로 인한 소화불량 정도로 쉽게 생각했다. 그렇게 약 3개월을 동네 의원에서 허송세월을 보낸 것이 나의 결정적인 실수였다.

그리고 췌장암 환자의 생존 기간은 진단 당시 종양의 침범 범위와 전신 상태에 좌우된다. 종양의 침범 범위는 절제가 가능한 경우, 국소적으로 진행된 경우, 원격 장기에 전이된 경우로 나누어 볼 수 있다. 근치적 절제가 가능한 경우에도 평균 생존 기간은 13~20개월 정도이고, 약 20%의 환자만이 장기 생존할 수 있다. 국소적으로 진행된 경우에는 평균 생존 기간이 6~10개월 정도이다. 간 또는 기타 원격 장기에 전이가 있는 경우에는 평균 생존 기간이 약 6개월에 불과하다고 한다.

아내는 폐와 복강까지 전이가 된 상태였다. 강북 삼성병원 의사의 말에 따르면 평균 생존 기간은 약 4개월이라는 것이었다. 멀쩡하던 사람에게 남은 시간이 고작 4개월이라니, 너무나도 충격적이었다.

정말로 생명이 여러 개라면 이렇게도 해보고 저렇게도 해볼 텐데, 무엇이 정답인지 알 수 없어 답답하기만 했다.

이 모든 혼란 속에서도 우리는 아내에게 최선의 치료 방법을 찾기 위해 노력했다. 너무나 많은 정보와 선택지 속에서 무엇이 옳은지 확신할 수 없었지만, 아내와 함께 있는 시간이 무엇보다 소중하다는 것을 깨달았다.

아내를 위한 선택이 항상 정답은 아니었을지도 모르지만, 함께하는 순간순간을 소중히 여기고 서로의 사랑과 지지를 나누며 앞으로 나아가는 것이 중요하다는 사실을 느꼈다. 어떠한 상황에서도 함께하는 사랑이 얼마나 큰 위로와 힘이 되는지를 다시금 깨닫는다.

나는 마음속으로 간절히 기도했다. 요즘 의술이 발전해 암 환자의 5년 이상 생존율이 많이 높아졌다고 하니, 완쾌할 수 있다면 가장 좋겠지만 최소한 2~3년이라도 버텨주기를 바랐다. 아니, 적어도 아내가 꽃피는 봄, 숲이 울창한 여름, 단풍이 붉게 물드는 가을, 그리고 흰 눈이 소복하게 내리는 겨울을 다시 한번 맞이하며 즐길 수 있기를 소망했다.

그러나 아내는 강북 삼성병원에서 췌장암 4기 판정을 받은 지 1년 4개월 만에 하늘나라로 떠났다. 1년이라도 살 수 있기를 기도했던 것이 지나치게 소박한 희망이었던 것일까? 조금 더 욕심을 부려 2~3년을 기도했다면 아내가 조금 더 살 수 있었을까? 자꾸만 자책감이 든다.

이러한 마음의 혼란 속에서도, 나는 아내와 함께했던 시간을 소중히 여기기로 했다. 그녀와 함께한 사소한 모든 일들과 모든 계절마다 살아왔던 그 발걸음이 우리 부부에게 얼마나 큰 의미였는지를 비로소 알게 되었다. 사랑하는 사람과의 소중한 순간들을 놓치지 않고, 우리가 함께하는 매일을 감사히 여기는 것이 얼마나 중요한지 아내를 떠나보내고 나서야 더욱더 절실하게 느꼈다.

어느 덧 겨울이 시작되는 마지막 달을 맞았다. 정신없이 흘러간 시간들. 내 삶의 여정이 완전히 변곡점을 맞은 지 불과 10일도 안 되는 시간이었지만 10년보다 더 길었던 것만 같았다. 이런 일은 현실이 아니라고 외치고 싶었다. 맘 한구석에서부터 치밀어 오르는 울부짖음으로 나도 쓰러질 것만 같다.

미국 뉴욕에 살고 있는 작은아들 종우가 의료계에서 일하고 있어서 자주 의논을 했다. 여러가지 논의 끝에, 작은아들 친구가 운영하는 은평구의 '○○ 내과의원'에 가서 진료를 받은 후 암 전문병원이 있는 신촌 세브란스병원으로 옮겨 치료를 받기로 결정했다.

신촌 세브란스병원은 '○○ 내과의원'의 2차 진료 의뢰기관이므로, 여기서 진료 의뢰를 하면 쉽게 진료를 받을 수 있었다. 종합병원에서 진료를 받으려면 보통 몇 달씩 기다려야 한다. 그러나 2차 진료 의뢰기관에서 진료를 받은 후 신촌 세브란스병원에 진료 의뢰를 하니, 다음 날 바로 세브란스병원에서 이전 병원(강북 삼성병원)에서 진료받은 자료들을 제출하라는 연락을 받았다. 이러한 빠른 진행은 우리에게 큰 안도감을 주었다. 작은아들 종우와의 긴밀한 의논과 협력이 없었다면, 이렇게 신속하게 치료를 받을 수 없었을 것이다. 작은아들의 도움과 지지 덕분에, 우리는 어려운 상황에서도 희망을 잃지 않고 신속하게 최선의 치료를 받을 수 있었다.

가족의 사랑과 지원이 얼마나 큰 힘이 되는지, 이번 경험을 통해 다시 한번 느꼈다. 작은아들의 세심한 배려로 아내는 빠르게 치료를 받을 수 있었고, 앞으로의 여정에 대하여 희망을 가지게 되었다. 정말 가족이 있기에 이 엄청난 일을 풀어갈 수 있다는 걸 절실히 느꼈다.

📋 12월 2일

오늘은 신촌 세브란스병원 종양내과에서 요청한 자료들을 준비하는 날이었다. 강북 삼성병원에서 진료받은 자료들, 즉 CD 복사본, 의무기록 사본, 입원기록, 경과기록, 비염색 슬라이드 20장, 병리 결과지 등을 가져오라고 했다. 하지만 삼성병원에서 비염색 슬라이드는 10장밖에 없다고 하여, 그 10장과 다른 자료들을 발급받아 세브란스병원 원무과에 제출했다.

오후에는 아내와 함께 안산 자락길을 산책했다. 안산 자락길에는 겨울 기운이 스며들기 시작했다. 낙엽이 길가에 쌓이고 차가운 바람이 자락길 위로 분다. 아내가 건강할 때 안산 정상까지 오르내리던 길인데 몇 년 전부터 서대문구청에서 장애인도 오를 수 있도록 데크deck를 만들어 놓았다. 안산 자락길에 새로 설치한 데크위를 산책하며 아내의 손을 잡는다.

"여보, 우리는 잘 먹고 잘 자고 운동도 열심히 하고 좋은 공기를 마시면서, 지나간 잘못된 생각과 습관, 그리고 모든 욕심을 다 버리고 새로운 각오로 함께 힘을 모아 꼭 암을 이겨냅시다."

넋두리 같은 내 혼자 말에 아내는 머리를 끄덕였다. 우리는 마주 잡은 두 손에 꼭 힘을 주었다. 마음을 단단히 먹고 암을 이겨내자고 다짐한 순간이었다.

🗓 12월 3일

오늘은 아내와 함께 인왕산 둘레길을 걸어 홍난파 선생 생가까지 산책을 했다. 12월이 되었지만 둘레길에는 아직 가을의 흔적이 많이 남아있었다. 우리는 맑은 공기를 마시며 아내와 이런저런 이야기를 나누었다. 나는 아내의 암에 대한 걱정을 덜어주기 위해 노력했다. 아내에게 말했다.

"여보, 지금까지 무언가 잘못 살아왔기 때문에 암이 생긴 것 같아."

아내가 길을 가다 멈추고 나를 힐끔 쳐다본다.

"앞으로는 생활습관도 바꾸고 지나간 잘못된 생각이나 시기, 질투, 미움, 원망, 분노를 모두 다 버리고, 오직 주님만 바라보면서 감사하며 살아가도록 합시다."

하고 말을 마치자 아내는 고개를 끄덕였다. 꼭 그러겠다는 강한 의지가 눈빛에서 보였다. 이렇게 우리는 서로를 위로하며 앞으로 좋은 삶을 살자고 다짐했다. 그날 산책길에서 나눈 대화가 우리에

게 큰 힘이 되었고, 앞으로의 여정에 대한 새로운 희망을 품게 도
와 주었다.

오늘은 인왕산 둘레길을 걸어서 윤동주 시비 동산까지 산책했다.
고난의 시기에 아름답고 고상한 시의 정신을 일찍 접은 윤동주
의 시심이 마음에 전해졌다. 그의 부끄러움 없는 순수한 삶을 살
겠다는 다짐과 의지를 느끼며, 또한 단호하고 비장함이 서려있는
시를 우리는 크게 소리내어 낭독했다.

서시

윤동주

죽는 날까지 하늘을 우러러

한 점 부끄럼이 없기를,

잎새에 이는 바람에도

나는 괴로워했다.

별을 노래하는 마음으로

모든 죽어 가는 것을 사랑해야지.

그리고 나한테 주어진 길을

걸어가야겠다.

오늘 밤에도 별이 바람에 스치운다.

오늘은 아내와 함께 안산 자락길을 걸었다. 인왕산 둘레길을 며칠 동안 계속 걸었더니 아내가 흥미를 잃은 것 같아서 오늘은 안산 자락길을 택한 것이다.

아내가 문득 말했다.

"앞으로 혼자서 어떻게 살아갈 거예요?"

아내의 얼굴에 걱정의 빛이 서렸다. 나는 아내의 손을 꼭 잡고

"그동안 나를 위해 수고했으니, 이제부터는 내가 오직 당신만을 위해 내 모든 것을 바칠게요. 맹세합니다."

하고 진심을 담아 말했다. 아내의 눈에 기쁨이 번지는 것을 보았다. 나도 행복해졌다.

걸어가던 도중에 나는

"암은 못 먹어서 죽는 거지, 잘 먹으면 절대로 죽지 않는다고 하더라."

고 이야기했다. 아내는 웃으며

"맞아. 삼성병원 의사도 회진을 돌 때 '음식을 잘 드셔야 합니다.'라고 하더라고요."

하고 맞장구를 친다.

우리는 서로를 격려하며, 앞으로 부정적인 것들은 다 버리고 긍정적인 삶을 살기로 다짐했다. 이 순간들은 우리에게 큰 위로와 힘이 되었다. 서로를 위하며 함께 걸어가는 이 시간이야말로

무엇보다 소중한 것임을 다시금 깨달았다.

휴대전화 카톡이 울려 열어봤더니 장문의 메세지가 도착해 있었다.

용인 수지에 살고 있는 해병대 동기 김 회장이 보낸 문자다. 사실 김 회장도 암은 아니었지만 여러가지 장기 손상으로 그야말로 죽을 고비를 몇 번이나 넘기고 살아난 사람으로서, 환자의 심정을 아주 잘 알고 있는 사람이다. 이 친구가 암 환자에게 좋은 음식과 좋지 않은 음식이라고 하면서 장문의 카톡을 보내곤 하는데 좋은 음식은 마늘, 생강, 양배추, 파프리카, 토마토, 미역, 김과 같은 해조류 등이라고 한다. 특히 생선, 계란, 우유, 두부, 콩 등 질 좋은 단백질 식품을 꾸준히 섭취하라고 한다.

해병대 동기 김 회장의 마음 씀씀이와 정성이 고마울 따름이다. 암에 대하여 아무런 상식도 없는 나에게 이런저런 좋은 정보들을 알려주어서 얼마나 큰 도움이 되었는지 모른다. 정말로 고마웠다.

암이 진행되거나 재발하거나 전이된 경우 4기라고 진단한다. 4기 암은 수술이나 방사선 치료가 가능한 경우는 거의 없고 대부분 항암치료만 하게 된다. 그런데 불행히도 항암치료만으로 4기 암이 완치될 가능성은 거의 없다. 그렇다고 포기할 상태라는 것은 전혀 아니다. 4기 암을 진단받고도 완치되신 분이 아주 많기 때문이다.

치료할 방법이 항암치료뿐이고 항암치료로 완치될 확률은 거의 없는데 어떻게 해야 할까?

이판사판으로 항암치료를 강하게 하는 경우에는 부작용도 크고 면역력 저하도 심각하기 때문에 식이요법을 하기 어렵다. 그래서 항암치료를 하는 암 주치의들이 뭐든 가리지 말고 잘 먹어서 정상체중을 유지하라고 강조하는 것이다.

세계보건기구에서 발표한 암의 원인을 보더라도 유전적인 요인은 5~10%밖에 안 되고 후천적인 요인이 90~95% 차지한다. 그 중에서도 먹거리가 30~35%로 가장 큰 비중을 차지하는 것이다.

또한 암의 종류에 따라서 식단에 큰 차이가 생길 수 있다. 그러므로 좋은 효과를 얻기 위해서는 자신에게 알맞으면서 적절한 균형을 갖춘 식단을 선택해야 한다.

· ·

췌장을 건강하게 하는 음식

① 양배추 - 췌장암 세포 형성을 억제

② 시금치 - 췌장암 발병 위험 저감

③ 포도(적포도) - 췌장암 세포 활동 방해

암으로 판명된 후 우리 가족 단체 카톡방에 아내가 다음과 같은 문자를 보내어 왔다. 아내가 친구로부터 받은 것 중에 내용이 좋은 것은 우리에게도 가끔씩 보내어 읽어 보게 하였다.

돈으로 살 수 없는 신비의 약

몸에 좋은 10대 건강식품은 토마토, 브로콜리, 귀리, 연어, 시금 치, 견과류, 마늘, 머루, 적포도주, 녹차다. 그리고 10대 건강식품 보다 훨씬 효능이 좋지만 팔지도 않고 돈으로 살 수도 없는 신비 의 약이 있다.

첫째, 웃으면 나오는 '엔도르핀'은 스트레스를 해소해 준다.

둘째, 감사하면 나오는 '세로토닌'은 우울함을 없애준다.

셋째, 운동하면 나오는 '멜라토닌'은 불면증을 없애준다.

넷째, 사랑하면 나오는 '도파민'은 혈액순환에 좋다.

다섯째, 감동하면 나오는 '다이돌핀'은 만병통치약이다.

웃고, 감사하고, 운동하고, 사랑하며 감동을 주고받는 하루가 되길 바란다. 건강을 위한 신비의 약은 돈으로 살 수 있는 게 아니 라 당신의 마음속에 있다.

아내가 우리 가족 단체 카톡방에 보낸, '팔지도 않고 돈으로 살 수도 없는 신비의 약 다섯 가지'를 컴퓨터로 출력하여 식탁에 앉아서 잘 보이는 싱크대 옆에 붙여놓고 수시로 읽어볼 수 있게 하였다.

······················

건강을 해치는 식품

① 기름에 튀긴 음식 - 트랜스지방, AGE(최종당화산물) 함유

② 소금에 절인 음식 - 고혈압에 좋지 않고 암을 유발

③ 육가공 식품 - 1급 발암 물질

④ 과자류(단순당) - 암의 성장 촉진

⑤ 청량음료 - 지방간 초래

⑥ 즉석 식품 - 트랜스지방과 아크릴아마이드, AGE 등 함유

⑦ 통조림 식품(방청처리) - 발암 물질

⑧ 설탕에 절인 과일류 - 암의 성장 촉진

⑨ 냉동 간식류(아이스크림) - 암의 성장 촉진

⑩ 숯불구이류 - 1급 발암물질, 세포 노화 촉진

인간이 신에게 질문을 했다.

"인간에게서 가장 놀라운 점이 무엇인가요?"

신께서 대답하셨다.

"돈 벌기 위해 건강을 잃어버리는 것이다.

그러고는 건강을 되찾기 위해 다시 돈을 잃는 것이다."

"그리고 또 한 가지는

미래를 염려하느라 현재를 놓쳐 버리는 것이다.

그리하여 현재도 미래도 행복하게 잘 살지 못하는 것이란다."

나이를 먹어 갈수록 무엇보다 건강이 가장 소중한 것이다. 오

늘도 내일도 매일매일 건강 십계명을 실천하며, 남은 인생 건강하고 행복하게 사시기 바란다.

· ·

건강십계명 健康十戒銘

① 규칙적인 생활을 한다.

② 충분한 수면을 취한다.

③ 적당한 운동을 한다.

④ 과음하지 않는다.

⑤ 하루에 물을 5컵 이상 마신다.

⑥ 심리적 안정을 취한다.

⑦ 신선한 채소나 해조류를 많이 먹는다.

⑧ 담배를 피우지 않는다.

⑨ 정기적인 건강검진을 받는다.

⑩ 쉽게 화를 내지 않는다.

· ·

의학전문기자 홍혜걸 박사의 건강십계명

① 맑은 공기를 마시자(혈액에 산소 공급).

② 물을 많이 마시자(피를 맑게 하고, 독소 해독).

③ 칼슘을 섭취하자(뼈를 튼튼하게. 우유, 시금치, 무, 다시마 등 해조류).

④ 오메가3을 섭취하자(혈관 청소. 등푸른 생선, 호두, 잣, 땅콩, 들기름).

⑤ 단백질을 섭취하자(근육 생성. 고기, 생선, 콩, 우유, 계란).

⑥ 치실을 생활화 하자(잇몸질환 예방).

⑦ 하루 만보 이상을 걷자(자율신경 안정).

⑧ 골반체조를 하자(골반근육 강화. 요실금 예방, 성적기능 향상).

⑨ 주치의를 두자(과잉진료 및 중복약물 투여 방지).

⑩ 심리적 안정을 취하자(마음속의 스트레스 또는 한을 제거).

. . . .

암 환자 주의사항

① 철저한 유기농 재료 섭취

② 가능한 한 조리를 하지 않고 거칠게 만든 음식 섭취

③ 고단위 탄수화물(빵, 과자, 국수, 당면 등) 섭취 금지

④ 식용유 사용 절대 금지

⑤ 육류, 계란, 유제품 섭취는 가능한 한 적게

⑥ 훈제한 음식 금지

⑦ 당류(설탕, 과당, 자당, 꿀) 금지

⑧ 튀긴 음식 금지

🗓 12월 7일

외래진료 순서

세브란스병원 연세암센터에서 아내의 첫 외래 진료가 시작되었다. 우리는 아침 일찍 병원에 도착해, 연세암센터 2층 채혈실로 향했다. 먼저 원무과에서 수납을 한 후 채혈 번호표를 뽑고 순서

를 기다렸다. 채혈을 마친 뒤, 우리는 일단 집에 돌아와 아침식사를 하고 다시 병원으로 갔다.

진료가 9시경에 예정되어 있었기 때문에, 그 전에 암센터 4층 종양내과 간호사실 앞에 있는 키오스크kiosk, 무인 주문기에서 환자 카드 바코드를 찍고 '도착 확인' 쪽지를 발급받았다. 이어서 키와 몸무게를 재는 곳으로 가서 바코드를 찍고 키와 몸무게를 측정한 후, 혈압계에 가서 바코드를 찍고 혈압을 잰다.

이렇게 키오스크를 이용하면 자동으로 환자의 메디컬 차트에 이 자료들이 전송된다. 우리는 진료 환자 순서 전광판에 아내의 이름이 뜨기를 기다리며 대기 의자에 앉아 있었다. 이름이 뜨자 주치의 교수의 진료를 받으러 들어갔다. 주치의는 강북 삼성병원에서 복사하여 제출한 많은 검사 자료들에 대한 언급은 한마디도 없고, 아침 일찍 채혈하여 피검사를 한 데이터를 훑어보고서는 내일부터 항암주사를 맞게 될 테니 주사를 잘 맞으라고만 한다.

아내가 종양내과 이 교수에게 물었다.

"우유나 쇠고기를 먹지 말라고 하는데, 먹어도 될까요?"

"뭐든지 잘 먹으면 되지요."

하고 이교수가 답했다. 나중에 생각해보니 암 환자가 잘 못 먹는 것이 문제이지, 잘 먹는다면 이것저것 가리지 말고 좋아하는 음식을 마음껏 먹어도 된다는 의미로 들렸다. 그러나 암 환자에게 좋은 음식도 있고, 먹으면 좋지 않은 음식도 있다는 것을 고려

하면 너무나 무성의한 대답처럼 느껴졌다. 암 환자는 어차피 죽을 운명이라 뭐든지 먹고 싶은 것을 마음껏 먹어도 된다는 뜻으로 들리기도 했다.

주치의 진료를 마친 후, 다시 잠시 진료실 앞에서 기다리다가 간호사에게 '진료 후 안내문'을 받고 지시에 따라 움직였다.

아내가 항암주사를 맞아야 했기 때문에, 우리는 4층 '외래항암약물치료센터'로 이동하여 간호사에게 '진료 후 안내문'을 보여주고 항암주사 예약 시간을 정했다. 이후 원무과로 가서 순서 번호표를 뽑고, 순서가 되면 병원비를 납부하고 처방전을 받아 약국으로 향했다. 약국은 원내 약국일 때도 있고 원외 약국일 때도 있었다. 원무과에서 병원비 납부를 자동으로 신청하면, 바쁜 시간에 병원비 납부를 위해 줄을 서서 기다릴 필요가 없어 편리했다.

그리고, 유전자 검사 등을 마치고 원내 약국에서 처방 약을 받아 집에 돌아왔다.

오후에는 인왕산 둘레길을 걸었다. 언제나 조용하고 친근한 풍경에 나의 마음은 안정이 되었다. 오늘 병원에서 모든 과정을 잘 마친 탓이기도 하다. 매 시간 매 순간마다 내가 아닌 남이 되어 한 일인 것만 같다는 착각이 들었다. 힘들고 생소하고 온통 두려움이 내재된 숲을 지나온 느낌이었다.

용인 수지에 사는 해병대 동기 김 회장이 암에 대한 지식이 전혀 없는 나에게 카톡 메세지로 전홍준 원장이 쓴 **'나를 살리는 생명 리셋'**이라는 책을 읽어보라고 추천했다. 큰 며느리에게 인터넷으로 책을 구매하여 보내 달라고 하여 읽어보았다. 주 내용은 호흡, 음식, 활동, 마음, 이 네 가지가 생명을 살리는 가장 기본적이고도 필수적인 요건이라고 한다.

외과 전문의 전홍준 원장이 45년에 걸쳐 임상에서 검증한 성공적인 치유 원리와 치유 사례, 자가실천법 등을 담았다.

'나를 살리는 생명 리셋'에서는 치료 불가능 판정을 받은 간암 환자가 날마다 섬유소가 많이 들어 있는 과일채소즙, 생채식, 오염되지 않은 자연식을 먹고 피부호흡을 위한 풍욕, 사지운동, 햇볕을 쬐면서 땅을 밟으며 맨발걷기, 커피관장, 마음에서 병이 있다는 생각을 버리고 '나는 나음을 입었다'고 믿고 상상하기 등 자연치유에서 권하는 요법을 실천했다. 그렇게 그 환자가 석 달 후에 암센터에 가서 검사를 받았는데, 암 크기가 반으로 줄어들었고 6개월 후에는 암이 다 사라져 버렸더라는 내용이 실려 있다.

📋 12월 8일

아내가 강북 삼성병원에서 제1차 항암주사를 맞은 후, 신촌 세브란스병원에서 제2차 항암주사를 오늘 처음 맞았다.

신촌 세브란스병원에서는 주치의 교수의 진료가 끝나면 외래 항암약물치료센터 간호사에게 '진료 후 안내문'을 제시하여 항암주사를 예약해야 한다. 우리는 병원이 집에서 가까워서 제일 빠른 오전 9시에 예약을 하려고 하였는데, 9시에는 빈자리가 없다고 하여 10시로 예약을 하였다.

강북 삼성병원에서는 2박 3일 동안 입원하여 주사를 맞았지만, 세브란스병원에서는 1일 입원 형식으로 5~6시간 동안 주사를 맞고, 그 후에는 재택환자로서 '인퓨저'라 불리는 일회용 항암제 주입용 펌프를 가방에 넣어 자기 집에 간다. 그 주사를 약 48시간 동안 맞고 난 후에, 세브란스병원 외래항암약물치료센터 24호실에 방문하여 후버바늘을 제거한다고 한다.

'인퓨저'는 주위 온도에 따라 주입 속도가 달라지는데, 여름철에는 특히 주입 속도가 빨라지는 경향이 있다.

우리는 오전 10시에 암병원 4층 외래항암약물치료센터에 도착하였다. 외래항암약물치료센터 앞은 수많은 환자들과 보호자들로 앉을 자리가 거의 없을 정도로 북적거리면서 저마다 순서를 기다리고 있었다. 우리도 어제 간호사에게 예약을 했으니 자동으로 전광판에 이름이 올라오기만을 하염없이 기다리고 있었다. 그런데 거의 한 시간이나 기다려도 이름이 올라오지 않아서 간호사에게 문의하였더니 예약자는 바로 입장할 수 있다고 한다.

세브란스병원에서 처음 맞는 항암주사인데 환자나 보호자에게 좀 더 자세하게 설명을 해주었다면 이렇게 시간을 허비하지 않아도 됐을 것인데, 너무나 화가 치밀어 오른다. 이 과정에서 시간이 지체되어, 실제 주사는 오전 11시 30분에 시작되어 오후 4시 40분에 끝났다. 주사를 맞는 동안 아내는 약물 때문인지 기력이 떨어져서인지 주로 잠을 잤다. 암이라고 하는 심적인 충격만으로도 벅찬데, 하는 일들조차 순조롭게 풀리지 않아 짜증이 무척 났지만 참고 또 참았다. 그래도 점심식사는 해야 하니까 지하 1층에 있는 '파리크라상'에 가서 샌드위치 두 개를 사와 아내와 함께 나눠먹었다.

항암제 주입이 끝난 후에는 메스꺼움, 구토, 설사, 식욕부진, 기력저하, 피로, 호중구 감소증 등의 부작용에 대비하여 신경을 써야 한다. 다행히 염려했던 구토 증상은 없었다.

아내는 제1차 항암주사를 맞고 난 직후에 메스꺼움이 생겼으며, 거의 한 달 동안 지속되었다. 이를 방지하는 약을 처방해주어서 좋아 진 것인지 항암주사제를 바꾸어서 좋아진 것인지는 알 수가 없다.

호중구는 여러가지 백혈구의 일종이며, 세포독성항암제를 맞으면 호중구 감소증이 발생한다고 한다. 호중구 감소증은 항암주사 후 1~2주 사이에 많이 발생하며, 증세는 발열이 가장 많고 면역력이 떨어지기도 하므로 암 환자가 특히 조심해야 한다고 한다. 예방은 손 위생, 구강 위생 등 청결 유지가 중요하고 백혈구 촉진제 주사를 맞으면 좋아진다고 한다.

강북 삼성병원에서 의무기록 사본을 발급받는데 가족관계증명서와 환자동의서를 첨부해야 된다고 한다. 가족관계증명서가 없다고, 환자동의서가 없다고 하여 몇 차례나 집으로 병원으로 오고가고 했다. 병원이 집에서 가까우니 얼마나 다행인지 모르겠다.

아내가 제1차 항암주사를 맞고 난 후 약 일주일 무렵부터 머리카락이 무더기로 빠지기 시작했다. 머리카락이 너무 빠지니까 아내가 모자를 항상 덮어쓰고 있는데 하루는 모자를 벗겨보았다. 머리카락이 뭉쳐서 떡이 되어 있었다. 내 가슴이 서늘해지는 게 마음이 아팠다. 굵은 빗으로 아내의 머리카락을 앞이마에서부터 조금씩 빗어 내려가니 뭉친 머리카락이 빗겨져 나오는데, 머리를 다 빗고 나니까 머리카락이 별로 남아 있지 않았다. 그래도 아내는 늘 머리카락에 신경이 쓰였던지 기분이 좋다고 한다. 나만 가슴이 아팠나 하는 생각이 문득 들었다. 하지만 그동안 아내의 슬픔은 어떠했을까? 하는 생각에 그만 눈시울이 뜨거워졌다.

아내가 말하기를 유방암 환자는 머리카락이 빠지지 않는다고 하면서, 항암주사 약물에 따라서 머리카락이 빠지기도 하고 그러지 않는 경우도 있다고 다른 암 환자가 이야기하더란다. 아내가 사용하는 돌소파 주변과 거실바닥과 화장실에 머리카락이 여기저기 널려 있어서 수시로 진공청소기로 청소를 해야 했다. 그런데 이렇게 빗으로 머리카락을 정리하고 난 이후부터는 바닥에 머리카락이 별로 널려 있지 않았다.

요양병원 입원

'○○요양병원'은 우선 우리 집에서 가깝고, 시설이 깨끗하고 병의 증상에 따라 전문적인 식단을 고려하여 음식이 제공된다고 한다. 또 환자 케어 시스템도 우수한 것으로 판단되어 오후 3시에 3인실에 입원하기로 하였다.

아내에게 필요한 세면도구와 세브란스병원에서 처방받은 약들과 무릎덮개 등 평소에 아내가 사용하던 물건들을 쇼핑백에 담아 간병인에게 전달했다.

입원비가 일주일에 약 200만 원 정도라고 하는데 의료실비보험이 적용된다고 한다. 그리고 일주일에 고주파 온열치료 2회, 싸이모신(종양치료제) 주사 2회, 셀레늄(항암효과 증대) 주사 2회는 비급여로 진행된다고 한다.

입원하기 전에 상담팀장과 먼저 면담을 해야 하고, 다음에 원장 면담도 실시하는데 원장이 암 환자에게 좋은 음식과 좋지 않은 음식에 대하여 자기가 아주 잘 알고 있다고 자랑을 하고는 환자에게 알려주겠다면서 음식 이름 이것저것을 말을 한다. 그래서 내가 말로 하면 다 기억할 수 없으니 프린트를 하여 주면 좋겠다고 했더니, 프린트를 하여 주면 다른 업체에 정보가 유출되기 때문에 그렇게는 할 수 없다고 한다.

그 후 약 일주일 정도 입원해 있는 동안 환자나 보호자에게 좋은 음식과 나쁜 음식에 대한 정보 제공이 전혀 없었다.

원장이 '나는 환자의 건강과 생명을 첫째로 생각하겠노라.'라고 하는 '히포크라테스 선서'를 잊지 않았다면, 환자와 보호자의 절박한 심정을 조금이나마 이해를 하고 좋은 정보가 있으면 충분히 제공될 수 있도록 배려해 주었으면 좋았을 것을 하는 아쉬움이 들었다.

아내를 요양병원에 입원시킨 뒤 혼자 차를 몰고 집으로 오면서 아내가 치료를 잘 받기만을 마음속으로 기원하였다.

📝 **12월 10일**

'요양병원'에 가서 아내를 차에 태우고 세브란스병원 암병원 4층 외래항암약물치료센터 24호실에 가서 인퓨저 후버바늘을 제거하고, 백혈구 주사를 맞았다. 면역력이 떨어졌다고 하여 추가로 어깨에 백혈구 주사를 맞은 것이다.

항암주사는 암세포뿐만 아니라 백혈구도 파괴되며 백혈구가 파괴되면 면역력이 떨어져 날생선이나 회, 육회 등을 먹지 말아야 된다고 한다. 백혈구 수치를 높인다는 것은 면역력을 높이는 것이라고 생각하면 된다. 그런 의미에서 채소는 양파, 마늘, 호박, 송이버섯(버섯류), 양배추, 브로콜리 등이 추천되고 있다. 과일은 바나나, 포도, 자몽 등이 백혈구 수치를 높이는 역할을 한다.

큰아들 동현이가 며느리와 손녀를 데리고 우리 집에 왔다. 어머니가 힘든 항암주사를 맞았으니 맛있는 음식을 사주겠다고 한다. 우리는 드라이브 삼아서 서오릉에 있는 '왕릉일가'에 가서 돼지갈비를 주문하여 먹고, 저녁에 '요양병원'에 아내를 내려다 주고 집으로 돌아갔다.

🗓 12월 11일

'요양병원'에 가서 음식물을 담을 수 있는 빈통과 가위를 아내에게 전달하고 왔다. 아내가 요양병원에서 나오는 음식이 충분해 먹고도 남아, 남는 것을 통에 담아서 내가 요양병원을 방문할 때 나에게 주려고 한다. 아내의 평소 절약하는 검소한 정신이 췌장암이라고 하는 큰 병을 앓고 있는 상황에서도 여전하다.

아내와 같은 방 환자 한 분이 코로나 확진 진단을 받아 강제 퇴원을 당하였고, 아내는 다른 방으로 옮겨졌는데 아내보다 많이 젊은 여자 한 분과 비슷한 또래의 여자 한 분이 함께 있다고 한다.

🗓 12월 12일

코로나가 우리 사이를 나누다

생수 7병과 속옷 몇 가지를 쇼핑백에 넣어서 요양병원 간병인을 통하여 전달하여 주었다. 아내의 속옷을 챙기는 일이 처음이라 아내가 원하는 것이 무엇인지 제대로 알 수가 없어, 비슷한 것이

59

면 모두 챙기다 보니 부피가 많이 늘어났다. 아내를 보지 못하고 쇼핑백으로 건네주는 심정은 이루 말할 수 없이 착찹했다. 전에는 아내를 접견실로 불러서 이런저런 대화도 나누고 했는데 코로나로 인하여 면회 사절이라고 한다. 생각지도 못한 코로나로 이젠 아내의 얼굴조차 보지 못하는 현실에 왜 이렇게 모든 일이 꼬여만 가는 건지 정말 괴로웠다. 아내가 요양병원에서 영양제 주사 2대를 맞았다고 한다.

📋 12월 13일

오늘도 간병인을 통하여 KF94 마스크 3장을 전달하고, 전화로 통화를 하였더니 이번에는 고주파 온열치료를 받았다고 한다.

고주파 온열치료는 고유의 고주파로 암 세포에 42.5도의 열을 가하여 암 세포를 죽이는 방식이다. 환자가 온열치료를 한 번 받는 데 걸리는 시간은 약 20분에서 1시간 정도라고 한다. 환자가 피부 표면으로 느끼는 자극은 거의 없고, 속에서부터 서서히 열이 차오르는 느낌이라고 한다.

한방에 있는 젊은 여자분이 코로나가 걱정이 된다면서 아내에게 "할아버지 이제 병원에 자주 못 오시게 하라"고 하더란다. 그러니 나보고 자주 오지 말라고 한다. 코로나로 수많은 사람들이 희생되었는데 아직까지 코로나가 우리를 위협하고 있다.

오늘 간병인을 통하여 무릎덮개와 찬송가가 나오는 뮤직박스를 전달했다.

작은아들이 아내에게 요양병원에서 나오는 식사 메뉴가 무엇인지 사진 찍어서 카톡방에 올리라고 하였더니, 아내가 우리 집 식구들 단체 카톡방에 다음과 같이 글을 올렸다.

"오늘 아침 식사에 청포묵 김무침이 나와서 입에 맞았고, 어제 저녁에는 찐빵 2개가 나왔는데(작은 것) 입에 맞아 하나 먹고, 그저께는 점심에 피자가 나와 1조각 먹었어."

내가 가족 단체 카톡방에 아내가 항암치료로 머리카락이 많이 빠져서 보기가 싫다고 모자를 쓰고 싶어 한다고 했더니, 며느리들이 털모자 3개를 구입해 가지고 왔다. 털모자 한 개는 외출용으로, 두 개는 병원 내에서 늘 덮어쓰고 있을 수 있는 순모로 마련했다. 그런데 아내가 털모자를 이리저리 만져 보는 게, 두 개는 마음에 들지만 한 개는 별로인 모양이다. 큰며느리 자기가 만들었다고 하면서 전복장을 아내에게 전달해 주었다. 고부간에 모처럼 만나니 무슨 이야기인지 모르겠지만 서로 말들이 많았다.

코로나19 확진

아내도 체온측정 결과, 열이 감지되어 코로나 간이검사를 했더니 확진으로 판명이 되었다. '요양병원'에 입원한지 일주일 만에 강제 퇴원 당했다.

'요양병원'에서 코로나 항체검사를 하여 정상적으로 처리를 해주어야 하는 것이 당연한 일인데도 불구하고, 자신들의 병원에서 코로나가 발병했다고 하면 여러가지 문제들이 발생할 것을 염려하여 환자를 데리고 퇴원하라고만 한다. 환자가 개인적으로 동네 의원에 가서 신속항원 검사를 받아 그에 따라 조치를 취하라는 것이다.

아내가 코로나에 걸렸는데 나까지 전염이 된다면 보통 큰일이 아니다. 마스크를 착용하고 아내를 차에 태우고 동네 가정의원에 가서 신속항원 검사를 받았다. 검사를 받은 결과 아내가 코로나 양성으로 판명되어 동네 가정의원에서 보건복지부에 확진 신고를 하고, 음압병실이 구비되어 있는 병원은 '청구성심병원'이 집에서 가장 가까운 병원이라고 하여 그 병원으로 갈 수 있도록 조치를 취하여 주었다.

오늘은 시간이 너무 늦어서 아내와 함께 집으로 돌아와, 아내는 거실 돌소파에서, 나는 안방에서 하룻밤을 지낸 후 다음 날 아침 일찍 '청구성심병원'에 입원하기로 하였다.

음압병실이란 '음압격리병실'을 말하며, 병실 내부의 병원체가 외부로 퍼지는 것을 차단하는 특수 격리병실이다.

음압병실 입원

아침 일찍 아내를 차에 태우고 은평구에 있는 '청구성심병원' 응급실로 갔다. 아내는 응급실에서 코로나 검사를 한 번 더 하고 나서, 채혈을 한 후에 음압병실로 들어갔다.

아내가 음압병실에 입원하여 영양주사, 백혈구주사, CT 촬영 등을 진행하였다고 전화로 나에게 알려 주었다. 암 환자가 코로나까지 확진이 되었으니 걱정이 태산 같다. 아무쪼록 잘 치료하고 나오기만을 하나님께 기도하는 수밖에 없다.

병원 반찬이 부실할 것 같아 큰 며느리에게 부탁하여 갖고 온 콩장, 전복장, 멸치볶음, 사과, 귤, 토마토, 뉴케어 등을 쇼핑백에 한가득 담아서 병원 간호사실을 통하여 병실에 전달해 주었다.

미국 뉴욕에서 재활의학 닥터로 활동하고 있는 작은아들 종우가 대한항공편으로 입국했다. 비행기가 착륙하고 나서 짐을 찾고 하느라 거의 한 시간 뒤에야 B게이트에 활짝 웃는 아들의 모습이 나타났다. 종우가 나에게 다가와 힘껏 포옹을 한다. 이 순간에는 아무 말이 필요 없게 된다.

며칠 전에 작은아들이 한국에 들어오겠다고 해서

"네가 들어와야 될 정도로 상황이 좋지 않으면 그때 들어오도록 하고 당분간 네 업무에 충실하기 바란다."

고 했더니

"어머니가 조금이라도 건강하실 때 추억을 만들어 보고싶어요. 그리고 부모님 생신과 오랜만에 크리스마스랑 연말과 설도 같이 보내야죠."

라고 한다.

사실 아내가 암 판정을 받고 난 이후 거의 한 달 동안 이 병원 저 병원을 옮겨 다니면서 나 혼자 모든 일 처리를 해야만 하니 정신이 혼미할 지경이 되었는데, 마침 때맞추어 잘 와주었다. 나에게 얼마나 큰 힘이 되었는지 모른다.

작은아들 종우는 미국 물리치료사PT 자격증을 취득하고 무일푼으로 미국에 정착하여 죽으라고 일만 하면서, 그야말로 홀로 고군분투하여 결혼도 하고 영주권도 취득하고 이제는 어느 정도 자리가 안정되어 가고 있다고 한다.

그런 와중에도 2021년 여름에 한국에 왔을 때는 내 차가 너무 낡았다면서 신형 제네시스 GV70 차량도 구입하여 주었다. 이때까지 타던 그랜저 TG도 그 동안 관리를 잘해서 그런지 별 문제가 없었다. 그런데 아들이 막무가내로 청계천 현대자동차 매장으로 우리 부부를 데리고 가서 계약을 하는 바람에 어쩔 수 없이 타게 되었다. GV70은 계약을 한 후 약 11개월 후에 차가 출고되었다.

막상 GV70을 타다 보니까 아들에게 선견지명이 있었던 건지, 아내가 그랜저보다 타고 내리기가 아주 수월하다고 좋아하였다. 특히 이 병원 저 병원 진료받으러 다니기, 항암주사 맞으러 다니기 등이 엄청나게 편해졌다. 운전하기도 용이하고 무거운 휠체어를 자동차 뒤 트렁크에 올리고 내리기도 쉽다.

📋 12월 20일

아내가 음압병실에서 우리 식구 단체 카톡방에 다음과 같이 메세지를 올렸다.

"밤사이 눈이 좀 왔네~

식구 다들 조심 조심해야 해~

내일은 일 년 중 밤이 가장 길다는 동지구먼요~

팥죽 한 그릇씩 드세요 ~ㅎㅎ"

아내는 메세지 마지막에 웃음 사인을 보냈다. 그 힘들고 어려운 상황 속에서 웃음 사인을 보낸 아내의 마음을 헤아리며 나는 눈시울을 붉혔다.

평생 남편과 자식을 위해 애쓰고 뒷바라지하던 아내가 그 역할을 잠시 내려놓고 격리된 상태에서 이런 글을 보내다니……

나는 휴대폰에 표시된 사인을 가만히 손으로 쓸어 봤다. 유난히 아름다운 문장이라는 생각이 들었다. 생각지도 못한 병마와 싸우며 처음으로 경험하는 온갖 치료 방법과 아픔. 그리고 격리된 자신의 처지. 나는 감히 헤아릴 수 없는 상황의 아내를 생각하며 그저 가슴이 먹먹해질 뿐이었다.

창밖에 내리는 눈은 얼마나 많은 생각을 하게 했을까? 본인은 지금 가장 극심한 고통의 시간을 보내면서도 가족을 걱정하고 가족에 대한 사랑을 내 보여주는 아내. 어느덧 내 볼에는 주르륵 눈물이 흘러내렸다. 아내와 보냈던 지난 세월 가운데 눈에 대한 추억은 헤아릴 수 없을 만큼 많은데 그녀는 지금 어디에 있는 것일까?

종우와 함께 코스트코에서 자기들이 앞으로 한국에 있는 동안 사용할 물건들과 집에서 먹을 것들을 구매했다. 오는 길에 생수, 비누, 플레인 요거트 등을 쇼핑백에 담아서 청구성심병원 응급실 앞에 입원환자의 병실과 환자 이름을 메모하여 두면 환자에게 전달해 준다고 하여, 쇼핑백과 메모를 함께 응급실 앞에 두고 집으로 왔다. 코로나로 만날 수 없는 아내를 생각하니 발걸음이 떨어지지 않아 한참을 그냥 서 있었다.

장기 생존자의 공통점

오늘은 아내가 세브란스 병원 종양내과에서 진료를 받아야 하는 날이다.

그런데 아내가 코로나 확진으로 청구성심병원 음압병실에 격리되어 있으므로 세브란스병원 진료를 받을 수가 없다. 따라서 진료 날을 1주일 연기하고, 그동안 먹을 약을 처방받아 왔다.

그리고 작은아들과 함께 청구성심병원 담당 내과 의사와 면담하였다. 그동안 면역력 향상을 위하여 백혈구 주사와 비타민 주사 등으로 치료를 잘한 결과 백혈구 수치는 상승하여 좋아졌으나, 빈혈 증세가 약간 보인다고 한다. 그리고 암 환자는 양질의 단백질을 매일 꾸준하게 섭취해야 된다고 조언을 한다. 양질의 단백질은 기름기가 적은 쇠고기, 닭고기, 생선, 두부, 대두, 비지, 계란 흰자 등이라고 한다.

항암치료의 부작용은 출혈, 오심, 구토, 설사, 구강내 질환, 탈모 등이며 백혈구와 혈소판이 감소한다고 한다. 따라서 면역력이 떨어져서 힘들어 진다고 한다.

암 환자 중 '장기생존자의 공통점'은 정신 건강상태가 양호하고, 낙천적이며 투병의지가 강하고, 식사를 잘해서 영양을 잘 유지하고, 다른 질환이 없고, 가족들이 적극적으로 돕는 환자라고 한다.

아내는 낙천적인 성격은 아니지만 다른 조건들은 대체로 다 갖추었다고 생각이 되어 완치에 대한 기대를 많이 하고 있었다.

그래서 아내에게 죽기 전에 꼭 해보고 싶은 것(버킷리스트)이 무엇이냐고 물어볼 수가 없었다. 버킷리스트는 통상적으로 암 등의 질환과 투병하다가, 죽기 전에 여행 등의 소원을 성취한다는 개념이라고 생각한 탓이다.

작은아들이 암은 따뜻한 것을 싫어하니 따뜻한 베트남이나 태국으로 여행을 가면 어떻겠느냐고 하는데, 사실 아내의 건강상태가 해외여행을 갈 수 있는 정도는 아니었다. 그래서 좀 더 지켜보고 나서 국내 여행 정도로 생각해 보자고 하였었다. 그런데 아내는 국내 여행조차도 가보지 못하고 세상을 떠나고 말았다.

가족여행

우리 부부가 아들 가족들과 함께 온가족이 같이 여행을 간 것은 2017년 7월 제주도에서의 4박 5일이 처음이다. 물론 아이들이 어릴 때에는 여러 곳을 데리고 다녔지만, 아이들이 성장하고 나서는 우리랑 놀러 다니는 것을 좋아하지 않았다. 그런데 각자 짝을 맞추고 나니까 이제 부모님이 눈에 보이는가 보다. 그리고 그동안 다들 이래저래 바쁘게 살다가 모처럼 여유가 좀 생긴 것이다.

제주도에서 가장 기억나는 일은 서귀포 '칠돈가' 흑돼지구이 전문점이 유명하다고 해서 찾아갔던 일이다. 삼복 무더위에 빈자

제주도 여행(2017년)

리가 없어서 밖에서 대기하고 있다가 들어갔는데, 대형 선풍기가 여기저기서 돌아가고 있지만 테이블마다 연탄 화덕에서 뿜어져 나오는 열기가 이만저만이 아니다. 우리는 흑돼지 오겹살과 목살을 주문하여 땀을 뻘뻘 흘리면서 먹고 나왔다.

그리고 또 한 가지 잊지 못할 일은 아내와 성산일출봉에 올라갔다 온 것이다. 아이들은 더워서 못가겠다고 하며 우리가 일출봉에 다녀올 동안 카페에서 놀고 있겠다는 것이다. 아내와 나는 아이들을 떼어놓고 그렇게 무더운 날씨에도 불구하고 일출봉 끝까지 갔다가 내려왔다. 우리같이 나이가 많은 사람은 별로 눈에 띄지 않았다. 그래서 그런지 마주치는 사람들이 우리를 보고 엄지 척을 한다.

제주도 성산 일출봉 앞에서(2017년)

부산 해운대에서(2021년)

2021년 11월에는 온가족이 부산에서 4박 5일동안 여행을 하였다. 부산 해운대 '엘시티 더 레지던스' 94층에 짐을 풀고 부산 지역을 관광했다. 94층에 올라서니 비행기에서 내려다보는 느낌이다. 첫날은 해동 용궁사를 갔는데 내가 부산에 몇 년 동안 살았지만 이곳은 처음이다. 그리고 부산 아쿠아리움 구경하기, 송도 해상 케이블카 타기, 국제시장에서 씨앗 호빵과 어묵 사 먹기, 야간에 해운대에서 요트를 타고 해운대와 광안대교의 야경 구경하기 등 아이들이 미리미리 인터넷으로 명소와 즐길거리를 알아보고 안내를 잘해줘서 피곤하지도 않게 구경을 아주 잘 하였다. 구석구석에 있는 맛집들도 잘 찾아다녔다.

아내는 여행하는 것을 무척이나 좋아해서 일단 차에 타기만 해도 신바람이 나는 모습이 눈에 띄게 나타난다. 그래서 안산 자락길을 가거나 인왕산 둘레길을 갈 때에도 차를 타고 가서 인근에 주차하고 걸어가기를 좋아했다. 그렇게 여행과 나들이를 좋아하던 아내였는데 지금의 현실을 생각하면 그 측은함이 한량없다.

해외여행

아내가 나와 함께 단둘이서 해외여행을 간 것은 2007년 서유럽 6개국(영국, 프랑스, 스위스, 이탈리아, 오스트리아, 독일) 여행이다. 가장 인상적인 것은 다른 나라들은 기온이 평범했는데, 오스트리아 인스브루크에 갔을 때 날씨가 갑자기 얼마나 추웠던지 모두 오들

이탈리아 베드로 대성당(2007년)

이탈리아 산마르코광장(2007년)

72

오들 떨면서 가이드를 따라 다녀야 했었다.

그리고 영국 대영박물관과 프랑스 루브르 박물관에 갔을 때 공통적으로 느낀 것은 박물관 마다 다른 나라에서 강탈한 엄청나게 많은 보물들을 마치 자기들의 것인 양 버젓이 전시하고 있다는 것이었다.

2012년 발칸반도(루마니아, 불가리아, 세르비아, 보스니아, 크로아티아, 슬로베니아 등) 여행에서는 날씨가 얼마나 더웠던지 이 산 저 산에서 산불이 나서 연기가 피어올랐다. 그 밖에는 루마니아의 드라큘라성, 불가리아의 벨리코투르노보성, 세르비아의 나토 공습으로 파괴된 건물, 보스니아의 모스타르 다리, 크로아티아의 두

보스니아 모스타르 다리(2012년)

브로브니크 성벽과 플리트비체 국립공원, 슬로베니아의 블레드 성과 호수가 지금까지도 기억이 생생하다.

그리고 2018년 9월 12일부터 4박 5일 동안 블라디보스토크에서 하바롭스크까지 해병대 동기 지 국장 부부와 함께 다녀왔다. 블라디보스토크 극동연방대학교에서 동방 포럼을 한다고 한참 시끄러울 때이다. 우리는 우수리스크에 있는 최재형, 이상설 독립운동가의 유적을 살펴보기로 했다. 블라디보스토크에서 살고 있는 한인 목사님이 승용차로 우리를 안내해 주었다.

우수리스크로 가는 길은 사방이 억새풀과 같은 잡초만이 무성하게 널려 있는 허허벌판이었고 그 가운데로 외줄기 고속도로가 끝없이 이어지고 있었다. 날씨는 어찌나 무더운지 가는 도중에 삼거리에서 수박을 파는 트럭을 발견하고 목사님이 차를 세웠다. 우리는 모두 차에서 내려 트럭 옆에 붙어 서서 수박을 구경하고 있었다. 그런데 웬 젊은 남자가 청 재킷과 어깨에 메는 파우치 숄더백을 들고 와서 우리에게 내밀었다. 자세히 보니 내가 차에서 내릴 때 조수석에 두고 온 것들이다. 이걸 어디서 났느냐고 물어보니 주웠다고 한다. 차에서 내릴 때 차 안에 두고 온 물건인데 주웠다니 한인 목사에게 자세히 알아보라고 해도 말이 통하지 않아 우리는 어떻게 된 영문인지 몰랐다. 지금까지 그 일이 의문이다.

아내가 코로나19 확진으로 인해 음압병실에 격리 중이므로, 나는 집에서 여유가 생겨서 암에 관한 자료들을 살펴보고 있다.

암을 이기려면 두려움, 분노, 미움, 시기, 질투 등 마음의 갈등과 슬픔과 같은 과거의 생각들은 잊어버리고 현재 눈에 보이는 경치와 소리와 세상을 아름답게 보고 듣고 감사하는 마음으로 생활환경과 습관을 고쳐 나가야 한다고 한다.

아내가 항암주사를 처음 맞고 난 이후 지금까지 구토증세가 조금씩 있었는데 오늘부터 구토증세가 사라지고 입맛이 좋아졌다고 한다. 식사 때마다 음식을 제대로 삼키지 못하고 괴로워하였는데, 그 구토증세가 사라졌다고 하니 얼마나 기쁜지 말로 다 표현할 수조차 없을 지경이다. 내 생활에서 아내의 일거수일투족에 웃고 울고 하는 일이 시작되었음을 알게 되었다.

아내가 코로나로 인해 청구성심병원 음압병실에 격리된 기간(일주일)이 끝나, 집으로 퇴원할 수 있게 되었다. 아내의 짐을 정리하여 차에 싣고, 담당 의사에게 인사하러 갔더니 토요일이라 이미 퇴근하고 계시지 않았다. 아내와 나는 병원을 나서고 청구성심병원 뒤편에 있는 식당에서 돼지감자탕을 주문하여 먹었다. 아내가 음압병실에 입원해 있는 동안 병실 창문으로 돼지감자탕 음식점

간판을 보고 너무 먹고 싶었다고 말했기 때문이다.

맛있게 먹는 아내의 모습을 보니 너무 기뻤다. 비록 한 그릇 뚝딱 다 비우지는 못해도 그 순간이 너무 좋았다. 예전에는 아무 생각 없이 먹었던 돼지감자탕이 아내를 위해 하늘이 내린 음식이란 생각까지 들었다. 돼지감자탕이 이렇게 의미있는 음식인지 미처 몰랐다.

베데스다의 노래

성경 말씀 가운데

베데스다 연못가에 삼십팔 년 된 병자에게

'네가 낫고자 하느냐'

예수님이 물으셨다.

믿음이 있는 것도 아니고

오로지 연못에 먼저 들어가지 못함을 한탄한 병자.

예수님은 그에게 말씀하셨다.

'일어나 네 자리를 들고 걸어가라'

예수님 말씀에 의지한 병자

그 길로 훌훌 털고 일어나 걸었다.

이런 시를 지으니 더욱 예수님께서는 우리를 치유하시는 분이라는 생각이 들었다. 나는 성경을 되뇌어 낭송했다.

예수께서 그 누운 것을 보시고 병이 벌써 오래된 줄 아시고 이르시되 네가 낫고자 하느냐 병자가 대답하되 주여 물이 움직일 때에 나를 못에 넣어 주는 사람이 없어 내가 가는 동안에 다른 사람이 먼저 내려가나이다 예수께서 이르시되 일어나 네 자리를 들고 걸어가라 하시니 그 사람이 곧 나아서 자리를 들고 걸어가니라 이 날은 안식일이니

(요한복음 5장 6~9절).

주여! 베데스다 연못가의 역사가 지금 우리 아내 김태기에게도 임하여 주소서.

나는 끊임없이 기도하고 또 기도했다.

📆 12월 24일

크리스마스이브 날이다. 밖엔 벌써부터 크리스마스 캐럴이 울려 퍼지고 이 땅에 성탄의 계절이 왔음을 알리고 있을 텐데 우리 집은 조용하기만 했다.

아내가 집 안 정리를 하기 시작했다. 먼저 이불 커버 갈기와 방석 커버 세탁하기부터 시작하여 장롱 속 옷 정리를 하며, 오래 입지 않았던 옷들을 집어내어 버리라고 한다. 아직 쓸 만한 옷들도 보였지만, 아내의 뜻에 따라 옷가지 수거함에 가져다 버렸다. 처음에는 아내가 나중에 다시 찾을지도 모른다는 생각에 버리지

않고 작은 방에 모아두었더니, 아내가 짜증을 부리기에 어쩔 수 없이 모두 다 버렸다.

아내의 장롱 정리는 거의 열흘 동안 계속되었지만, 매일 한 보따리씩 옷과 물건들이 나왔다. 또한 찬장에서도 그동안 쓰지 않던 그릇들이 마구 쏟아져 나온다. 신발도 내가 진작부터 버리라고 해도 말을 듣지 않더니, 이제 마구마구 쓸어낸다. 이런 모습은 예전의 아내와는 사뭇 달랐다. 우선 욕심이랄까, 부둥켜 끌어안는 것보다 이제는 내려놓는 것에 맘이 먼저 갔고 거추장스러운 것보다 후련한 것에 마음이 가는 습성으로 바뀌었다는 짐작이 갈 만큼 변했다.

소소한 일상생활이 행복이었다.

행복이란 생활에 만족하여 즐겁고 흐뭇하게 느끼는 감정이나 상태 또는 순간의 기분이다. 기쁨 또는 쾌락에 가까운 감정이라고 할 수 있다. 행복이란 추상적이며, 상대적이다.

한참 자식들이 태어나 쑥쑥 자랄 때는 식구들끼리 모여서 웃고 떠들면서, 맛난 것 먹으면서, 온 집안이 시끌벅적거리면서 이러한 모든 것들이 사실은 우리에게 가장 큰 행복의 순간이라는 것도 모르고 지나왔다.

그냥 그러려니 하고 무심하게 하루하루를 흘려보낸 것이다.

그러나 아내가 췌장암 4기로 판명되고 보니, 지난날들이 얼마나 귀중하고 행복한 시간이었는지 이제 깨닫게 된다.

　나의 상황이 지극히 어려운 지경에 놓이니, 이렇게 힘들고 어렵지 않은 날들이 얼마나 소중하고 귀한 날들이었는지 알게 된다.

　슬프고, 외롭고, 밉고, 원망스럽고, 화나고, 짜증 나고, 아프지 않으면 행복한 것이다. 소소한 일상생활이 모두 행복하고 감사해야 할 날들이었음을 깨닫게 된다.

　그렇게 그 많은 좋은 시절들을, 행복을 행복인줄 모르고 다 흘려보내고, 이제 겨우 마음의 여유를 가지고 옆과 뒤를 돌아볼 여유가 생겼는데 아내가 췌장암 4기라니. 이제 우리 집은 행복한 시절은 완전히 끝난 것이라고 마음이 나를 세뇌시킨다.

　그런데 아내가 힘든 항암치료를 하면서 밤이면 온 몸의 통증으로 고통스러워 하는 가운데도 운명하기 전 약 40여 일 동안에 아내와 나는 정말 행복한 하루하루를 보낼 수 있었다. 그것은 아내가 죽음을 받아들였기 때문이라고 생각이 된다. 세상적인 모든 근심, 걱정을 다 내려놓은 시기였던 것 같다. 마음의 욕심도 모두 다 버렸을 것이다. 그러니까 나에게 두 번이나 "우리 이대로 같이 살았으면 좋겠다."고 말을 했던 것이다.

　비록 힘들고 어려운 상황 속에 처해 있다 하여도 마음의 근심, 걱정, 욕심까지 모두 다 내려놓을 수 있다면 그것이 바로 행복한 순간이 되는 것이다.

성탄절이다. 아기 예수 탄생하신, 영원히 죽을 수밖에 없는 우리를 위해 하나님이 독생자 아들을 보내신 크리스마스. 기쁘고 즐겁게 노래하던 크리스마스. 하지만 우리 부부는 이전과는 사뭇 다른 성탄절을 맞이했다.

큰아들과 작은아들 부부가 함께 우리 집에 왔다. 큰아들은 전라남도 광주에 있는 폴리텍 대학에서 근무 중이어서 주말이나 되어야 동탄에 있는 자기 집으로 올 수 있다. 어머니가 아프다고 해도 자주 찾아올 수 없으니 본인도 마음이 편치 않을 것이다.

점심은 며느리들이 준비해 온 버섯과 야채로 샤부샤부 요리를 해 먹고, 우리 부부는 인왕산 둘레길을 걸었다. 성벽을 따라 걷는 동안 암 환자가 꼭 지켜야 할 다섯 가지를 아내에게 알려주었다.

1. 규칙적인 운동(햇볕 쬐기, 맨발로 걷기, 좋은 공기 마시기)

2. 충분한 수면과 휴식

3. 균형 잡힌 식습관 유지(현미, 잡곡, 채소, 통곡식)

4. 기분 좋은 컨디션 유지

5. 마음의 평화(모든 문제를 하나님께 맡기는 삶)

그리고 지금까지 잘못 살아왔기 때문에 암이 생겼으니 생활해 온 모든 환경과 식습관을 모두 바꾸어야 된다고 아내에게 다시 한번 설명해 주었다. 아내도 내 말뜻을 이해하고 고개를 끄덕이며 마음의 결의를 보였다. 저녁식사는 돼지족발과 베트남 쌀국수를 먹었다. 베트남 쌀국수는 작은며느리가 한 상자를 택배로 부쳐 준 것인데, 입맛이 없거나 할 때 준비하기 쉬워서 아내와 함께 가끔 먹는다. 커피포트에 물을 끓이고, 밥그릇에 베트남 쌀국수를 한 봉지씩 담아 끓는 물을 부은 후 접시로 덮어서 약 4~5분 후에 먹으면 된다. 요리하기가 아주 간단하다.

해병대 사관 45기

오늘은 서초구 강남대로에 있는 L 타워 4층에서 해병학교(장교) 45기 총회날이다. 아내가 건강이 좋지 않아 나 혼자 참석하려고 했는데, 그래도 맛있는 음식도 있고 하니 꼭 모시고 오라고 지 국장이 신신당부를 한다. 아내도 별로 참석하고 싶은 생각이 없는데, 지 국장 부인까지 아내에게 전화해 얼굴을 보자고 하여 하는 수 없이 아내와 함께 참석하였다.

우리 해병대 사관 45기는 125명이 진해 해병학교에 사관후보생으로 가입교하여 총 92명이 정식 소위로 임관하였다. 그동안 순직하거나 병환으로 세상을 떠난 동기가 12명이고, 미국 등 해외에 거주하는 동기는 7명이며, 연락이 제대로 되지 않는 동기도 17명으로, 현재 국내에 거주하면서 연락을 주고받을 수 있는 동기는 56명이다. 이 중에 수도권에 거주하면서 '해병대 장교 45기 산우회' 모임에 잘 참여하는 동기들은 20명도 되지 않는다.

그리고 이 중에도 나와 각별하게 친하게 지내는 동기는 용인 수지에서 조경 사업을 하는 김 회장, 공무원 출신 지 국장, 예비역 해병 박 대령 이렇게 세 친구들이다. 해외이든 국내 여행을 갈 때에는 인원에 제한을 두지 않고, 단체 카톡방에 공지하여 동참할 수 있는 동기는 누구나 환영하였다. 그러나 많게는 10여 명이 참석하는 정도이다.

해병대 동기들과 공개적으로 해외여행을 간 것은 다음과 같다. 물론 아내도 함께한 여행이다.

2015년 3월 7일 ~ 3월 12일 라오스 여행(임관 45주년 기념). 9가정 참여

2016년 3월 18일 ~ 3월 22일 중국 태항산 여행. 6가정 참여

2018년 4월 16일 ~ 4월 19일 베트남 냐짱/달랏 여행. 4가정 참여

2018년 9월 12일 ~ 9월 16일 블라디보스토크/하바롭스크. 2가정 참여

2019년 3월 29일 ~ 4월 2일 태국 치앙마이 여행. 5가정 참여

이밖에도 친한 동기들 가족들과 국내 여행을 다닌 곳은 손가락으로 다 꼽지 못할 정도다.

해병대 동기 중에서 김 회장 부부와 지 국장 부부, 박 대령 부부와 같이 강원도 가평 청류펜션, 치악산 자연 휴양림, 강원도 동해 금진항 민박집, 삼척 쏠비치 여행, 경남 남원/함양/문경 여행, 진도 쏠비치 여행 등 수없이 많이 다녔다. 2022년 4월에는 경남

라오스 여행. 해병사관 45기 임관45주년 기념(2015년)

베트남 냐짱/달랏 여행(2018년)

태국 치앙마이 여행(2019년)

산청 여행에서 동의보감촌, 조각공원, 대원사 계곡, 남사 예담촌 등을 돌아보았다.

해병대 동기 부부들과 함께한 장거리 국내 여행은 마이산, 대둔산, 법주사를 돌고 온 2022년 9월이 마지막이 되었다.

앞으로도 얼마든지 많이 다닐 수도 있고, 또 그렇게 많이 다녀야 하는데 이것이 마지막 여행이 될 줄이야 정말 누가 알았을까?

그녀가 떠난 뒤 이제는 추억의 장소들이 나를 힘들게 할 것이다. 가는 곳곳마다 그녀의 숨결과 모습이 오버랩 될 텐데⋯⋯.

2019년 이후에는 코로나19 펜데믹으로 우리 해병대 동기들의 해외여행이 중단되었고, 펜데믹이 끝난 후에도 아내의 암 판

해병대 김 회장, 지 국장 부부와 함께(2022년)

정으로 여행은 재개되지 못했다. 힘들게 투병 생활을 하고 있는 사람이 있는데 여행을 갈 수가 없다고 한다.

해병대 동기 김 회장 부부가 김치 네 가지를 직접 만들어서 우리에게 전달해 주었다. 사람들에게 일반적으로 좋은 선물이란 것은 뭐니 뭐니 해도 역시 머니(현찰)가 첫번째이고 그다음은 과일, 버섯, 견과류 등과 같은 것이다.

그런데 지금 우리에게는 식사를 할 때 가장 많이 먹게 되는 김치가 가장 좋은 선물이었다.

📆 **12월 28일**

아내가 오전 7시 세브란스병원 채혈실에서 채혈하고, 11시경 종양내과 주치의 진료를 하였다. 이 일을 제대로 하기 위해 우리는 새벽 5시부터 일어나 부지런히 움직여야 그런대로 빨리 채혈을 할 수가 있다. 진료 시간 2시간 전에 채혈을 해야 제때에 주치의에게 검사 결과가 전달이 된다고 한다.

진료 결과 유전자 세 군데에 돌연변이가 있는 것 같다는 소견이 나왔다. 또 한 번 가슴이 철렁했다. 의사는 지금 시점에서는 큰 문제가 될 것 같지 않다며, 물을 많이 마시라고 조언했다. 철렁 내려앉던 가슴이 겨우 제자리로 다시 돌아왔다.

오후에 서대문구 봉원사 바로 아래에 있는 '숲속한방 숯가마'에 다녀왔다. '숲속한방 숯가마'는 질 좋은 천연 숯을 태우는 숯가마 찜질방이며, 집에서 차로 약 10분이면 도착할 수 있는 거리이다. 주차 공간이 넓어서 편리하다.

아내를 먼저 숯가마에 들여보내고 나는 주차를 한 뒤 나중에 들어갔다. 먼저 욕실에 가서 간단하게 샤워를 하고, 휴게실로 가 보았다. 젊은 청춘 남녀들이 자리를 가득 메우고 있었다. 간혹 서양인들도 눈에 보인다. 그런데 아무리 찾아도 아내가 보이지 않

86

는다. 나는 아내가 몸만 간단하게 씻으면 곧장 휴게실로 오리라고 생각하고 휴게실에서 마냥 기다렸다. 아무리 기다려도 아내가 나타나지 않아서 숯가마로 가 보았다. 숯가마도 여러 개인데 몇 군데 들어가 보니 사람들이 가득하게 들어차 앉아 있는데 조명이 어두워서 잘 보이지 않아 찾기를 포기하였다. 약 2시간 정도가 흐른 후에 아내가 휴게실에 나타났다. 아내는 처음부터 몸만 씻고 바로 숯가마로 들어갔다고 한다. 아내와 내가 미리 약속을 했어야 하는데 서로 생각이 달랐던 탓이다.

대구 처조카가 권유한 쑥뜸기에 왕쑥봉 3알을 넣고, 토치램프로 약 5분간 왕쑥봉에 가열하여 약 2시간 정도 쑥뜸을 한다. 열이 쑥뜸기 밖으로 빠져나가지 못하도록 타올로 쑥뜸기 위에 여러 겹으로 덮어 주었다. 피부가 빨갛게 익고, 옷이 땀에 흠뻑 젖을 정도로 뜨거웠다.

쑥뜸을 아내가 무척 좋아해서 거의 매일 1시간 반 내지 2시간씩 앞가슴과 등 쪽에 뜸을 떠 주었는데, 내가 2023년 3월 2일 뇌출혈로 수술하고 병원에 입원하는 관계로 그 뒤로는 쑥뜸을 떠주지 못했다.

📖 12월 29일

아내가 오전 8시 30분에 세브란스병원 암병원 4층 외래항암약물치료센터에 도착하여 9시부터 오후 2시 50분까지 제3차 항암주사를 맞았다.

아내가 항암주사를 맞을 때, 나는 간호사가 아내의 가슴에 설치한 '포트'에 소독을 하고 주삿바늘을 꽂고, 반창고 등으로 주삿바늘이 빠지지 않고 잘 붙어 있게 도와준다. 그리고 아내가 편안하게 주사를 맞을 수 있도록 자세와 침대 높이 등을 조절하고, 아내가 누워있는 침대 바로 옆 의자에 앉아서 그동안 카톡에 쌓여 있는 문자들을 점검하고, 일가친지들과 아이들과 교회 교인들에게 아내의 상태에 대해 문자를 발송하는 작업을 한다.

🗒 12월 30일

점심식사는 아내의 면역력 향상을 위하여 소고기 샤부샤부를 먹고 저녁은 피자를 주문하여 먹었다. 아내는 어제 항암주사 여파로 힘들고 속이 솟구쳤지만, 오늘은 좋은 식사를 하고 맛있는 음식을 주문해서 먹는 재미로 많이 기력을 찾은 것 같다.

아내가 겪는 암이란 존재는 대체 무엇이란 말인가? 암으로 인해 오는 본인 생활의 피폐함과 고독은 또 얼마나 깊은 심연深淵같은 고통이겠는가? 이럴 때 가족은 어떻게 암 환자를 대해야 하며 케어care해야 하나? 나에게는 끝없는 질문이 수없이 쏟아지고 있었다.

세브란스병원 외래항암약물치료센터 24호실에서 후버바늘을 제거하고, 어깨에 백혈구 주사를 맞고 집에 돌아왔다.

저녁 식사는 돼지고기 두루치기를 요리해 먹었다.

2022년. 금년의 마지막 날이다. 이번 1년을 이렇게 보낼 거라고 미처 생각이나 해 보았나? 아내의 암 투병은 계속되고 나의 보디가드 역할도 계속되었다. 한 해를 보내며 잠시 아득한 생각을 했다. 청천벽력과 같은 일을 당하게 되어 내 일생과 아내의 삶이 송두리째 바뀌어버렸다는 사실 앞에 나는 오열할 수밖에 없었다. 도저히 믿기 어려운 나날들이 슬프고 우울했다.

주님만을 바라보았다. 주님만이 내 방패요 산성이시니까. 주님이 주신 믿음과 지혜만이 나를 바로 설 수 있게 하니까. 그리고 겸손하게 주님의 섭리를 믿으며 나아간다. 부디 우리 부부를 긍휼히 여겨 달라고, 믿음을 잃지 않게 하시고 병마와 싸우는 우리 아내를 건져 달라고, 내 손을 주님께서 붙잡아 달라고, 나는 간절히 기도한다.

2부 ___ 우리 앞에 놓인 태산준령 ___

이번 새해를 맞는 내 마음은 다른 해와는 사뭇 달랐다. 모든 것이 변했다. 일상이 변하고 생각이 변했다. 하지만 이 절벽 같은 난관을 어떻게 헤쳐 나가야 할지 막막해 인간의 한계를 느낀다. 나는 새해 첫날부터 골방에서 기도한다.

　주 하나님!
　인간의 생사화복을 주관하시는 하나님!
　베데스다 연못가에 홀로 앉아
　주님의 손길을 기다리는 제 아내를 구하여 주소서.
　끊임없이 되뇌는 기도가 내 입에서 새어 나온다.

아침에 아내에게 쑥뜸을 떠 주었다. 아내는 쑥뜸 하는 시간 동안 장수 돌소파에서 편히 잠을 잘 수 있어 매우 좋아한다. 또한, 아내는 차가운 것을 싫어하고 따뜻한 것을 좋아한다. 아내가 좋아하는 쑥뜸을 뜨면 배도 따뜻하게 할 수 있으니 일거양득인 것이다. 처음에는 바로 누워서 약 1시간 30분 동안 가슴에 쑥뜸을 하고, 그 후에는 엎드려서 30분 정도 등에 쑥뜸을 한다. 이렇게 쑥뜸을 뜨고 나면 가슴이 온통 발갛게 되고 옷이 땀으로 흠뻑 젖는다.

📋 1월 2일

작은아들 종우가 사 준 차를 타고 가서 '숲속 한방 숯가마'에 아내를 내려 주고 집에 온다. 약 2시간 후에 아내가 전화를 하면 다시 숯가마에 가서 아내를 차에 태워 온다. 아내도 GV70이 그렌저 TG보다 훨씬 편하다며 매우 좋아한다. 숯가마도 몸을 따뜻하게 하는 효과가 있어 암치료에 좋다고 하여 할인 가격으로 숯가마 입장권을 열 장씩 미리 구입하여 자주 이용하고 있다.

📋 1월 4일

세브란스병원에 '중입자 치료기'가 설치되었다는 뉴스가 나오고 나서 혁신적인 암치료기가 설치되었으니 빨리 알아보고 치료받도록 하라고 여기저기서 전화들이 왔다. 종양내과 암치료 주치의에게 알아보았더니 방사선 종양학과에 문의하라고 한다.

방사선 종양학과에 '중입자 치료'에 대하여 상담하였으나 중입자 치료는 현재 전립선암에 대한 치료만 가능한 상태이며, 다른 암에 대해서는 아직 정확한 계획이 없다고 한다. 비용은 5천만 원 정도라고 한다.

아내와 함께 망원시장에서 찜냄비, 장어구이와 해삼을 구입하여 왔다.

내가 부엌에서 식사 준비를 하면서 반찬들을 따뜻하게 데우거나 할 때, 그동안 사용하던 스테인리스 찜냄비가 까맣게 잘 타기 때문에 깨끗하고 편리한 것으로 바꾼 것이다. 아내가 엄청나게 신경을 많이 쓰고 있던 찜냄비였다.

망원시장 가까이에 사시는 교회 이 권사님이 직접 담근 물김치, 겉절이 김치와 감주를 주셨다. 물김치는 짜지 않게 마늘을 듬뿍 갈아 넣고 찹쌀죽을 끓여 넣은 것인데 얼마나 시원하고 맛있는지 아내가 무척 좋아하였다. 그래서 물김치에 나는 손도 못 대고 아내에게만 매 식사 때마다 챙겨 주었다. 그리고 겉절이 배추김치는 내가 잘 먹었다. 겉절이 배추김치는 고춧가루를 많이 뿌려서 아내가 매운 것은 좋지 않다고 손도 대지 않는다. 감주도 별로 달지 않게 2리터짜리 페트병에 담아 주셨는데, 아내와 나는 별로 먹지 않고 며느리들이 주방에 들락거리면서 시원해서 좋다고 하면서 다 마셨다.

오래전에 같은 동네에서 '○○성결교회'를 함께 다니던 친한 부부들 3가정이 있었다. 지금은 집이 가까이 있지는 않지만 그래도 일 년에 한두 번씩 만나서 식사도 하고 1박 2일로 서울시 공무원 연수원(서천, 속초)에 함께 다니며 가깝게 지내던 가족들이다. 김 집사는 서울 모 감정원에 근무하다가 정년 퇴임한 후에도 감정원에서 일을 하고 있으며, 박 장로는 구청 공무원으로 근무하다가 정년 퇴임하고 지금은 새마을금고 이사장으로 일을 하고 있으며, 류 사장은 자영업자로 남대문 시장에서 오랫동안 옷가게를 운영하기도 하고 무교동에서 상당히 큰 카페를 운영하기도 하였다.

그중에 박 장로는 새마을금고 이사장으로 사무가 너무 바빠서 참석하지 못하고, 요양원을 운영 중인 부인 김 권사님과 감정

전 '○○성결교회' 교인들

원 김 집사 부부가 서오릉 '풍천민물장어'에서 장어구이를 우리 부부에게 대접해 주었다. 식사를 끝내고 자리에서 일어서려는데 집에 가서 먹으라고 2인분을 또 포장하여 손에 들려 주었다. 우리 부부는 아주 맛있게 잘 먹고 왔다.

언제부터인가 아내의 얼굴에 부기가 오르고, 숨소리가 거칠어지고 있다.

📝 1월 6일

작은아들 종우가 엄마에게 외출용 옷을 사 주겠다고 파주 롯데 아울렛과 신세계 아울렛을 누비고 다녔다. 롯데 아울렛에서 제법 마음에 드는 외투를 골랐는데도 불구하고, "아픈 환자가 얼마나 자주 입는다고 이렇게 값비싼 옷을 입겠느냐?"고 하면서 극구 사양을 하여 하는 수 없이 신세계 아울렛 '닥스'에서 거위 털 파카를 구입하였다. 마네킹이 입고 있는 모양이 아내의 눈에 무척 좋아 보였다고 한다. 그렇게 어렵게 구입한 거위 털 파카를 본인의 말대로 사실상 열 손가락을 다 꼽지도 못한 횟수 만큼 몇 번 입어 보지도 못하고 아내는 하늘나라로 갔다.

📝 1월 7일

내 생일은 음력으로는 12월 8일, 양력으로는 12월 30일이다. 해마다 음력과 양력의 날짜가 일정하지 않고 계속 바뀌는데, 이

97

번에는 우연히도 실제로 내가 태어날 때와 같은 음력 12월 8일이 양력으로 12월 30일이었다. 그리고 아내의 생일은 음력으로 12월 18일 양력으로 1월 9일, 작은아들 종우의 생일은 양력으로 12월 30일, 이렇게 며칠 차이로 생일이 한데 몰려 있게 되었다. 우리 부부는 백수이니까 큰 문제가 없지만, 아들과 며느리는 서로 바쁜 관계로 각자의 생일을 따로 챙기기가 어려워 한꺼번에 합쳐서 생일 축하 파티를 하기로 하였다.

작은아들이 한국에 없을 때에는 아내와 내 생일을 합쳐서 생일 축하 파티를 하였다. 그것도 큰아들이 노는 날로 잡아야 하니까, 때로는 내 생일도 아니고 아내 생일도 아닌 날로 정해지기도 했다. 그래도 우리 부부는 별로 불만이 없었다.

이번에도 아내가 좋아하는 종로 '매드포갈릭' 음식점에서 두 아들 내외와 함께 점심시간에 맞추어 생일 파티를 하였다. 유난히 기뻐하는 아내를 보며 마음 한구석 서글픈 생각이 들어 목이 메었다.

📖 1월 9일

해병대 동기인 박 대령 부부와 지 국장 부부와 함께 서오릉에 갔다. 겨울이 한참인 서오릉에는 변함없이 서 있는 노송들의 의연한 자태가 한눈에 들어왔다. 고즈넉한 경내의 풍경이 잔잔히 마음속으로 들어왔다. 아내의 발병 이후 내 모든 일상은 달라졌다.

언제까지나 아내와 서오릉을 거닐었으면 하는 생각이 걷잡을 수 없이 나를 휩싼다. 우리 일행은 서오릉의 경치를 뒤로하고 '풍천 민물장어'식당에서 장어구이를 먹고 왔다. 해병대 동기 부인들이 집에 가서 먹으라고 장어구이 1 kg을 또 포장하여 주었다. 해병대 동기 부부의 마음씀씀이가 정말 고마웠다. 그냥 헤어지기가 그래서 서오릉 베이커리 카페 '경성 빵공장'에 갔다. 얻어먹기만 하면 미안하다고 빵 값은 아내가 계산했던 것 같다. 금방 장어구이를 배부르게 먹고 왔는데도 맛있는 빵과 음료수가 또 들어간다. 밥 배와 빵 배가 따로 있는 것일지도 모르겠다. 여자들은 모이기만 하면 이런저런 이야기가 많다. 아내는 잠시 현실을 잊은 듯 즐거운 이야기꽃을 피운다.

오후에는 작은아들 종우 부부와 아내, 세 사람이 함께 '숲속 한방 숯가마'에 다녀왔다. 날씨가 추워서 그런지 청춘 남녀들이 엄청 많이 왔다고 한다.

📋 1월 11일

오늘은 새벽 5시에 일어났다. 한겨울 새벽시간이다. 7시에는 채혈을 해야 하기 때문이다.

종양내과 진료 2시간 전에는 채혈이 끝나야 하기 때문에 아내와 나는 정기적으로 이렇게 일찍 일어나 서두른다.

채혈을 하고 나면 7시 30분경이 되는데, 진료시간까지 약 2시

99

간의 여유가 생긴다. 그동안 집에 갔다 오기는 조금 바쁘고 해서, 5층 파스쿠찌에서 샌드위치를 구입하여 5층 구름다리 또는 편의 시설 옆 빈 공간 의자에 앉아서 아내와 함께 나누어 먹고 진료 시간이 되면 종양내과 주치의 교수의 진료를 받으러 가면 된다.

만약 샌드위치가 싫으면 지하 2층에 있는 푸드코트에 가면 한식과 일식 외에 본죽, 본비빔밥 등이 있다. 우리 부부는 여기서 순두부찌개를 자주 사 먹었다. 그리고 암병원 7층 한식 전문 레스토랑 '본우리반상'에 가서 한식을 주문하여 먹기도 하였다.

오늘 종양내과 주치의 교수의 진료 결과는 백혈구 수치가 낮으므로 50만 원에 상당하는 고가의 백혈구 주사를 맞아야 된다고 한다. 이 주사는 비급여인데, 주치의 교수의 추천을 받고 지원 신청서를 제출하면 '한국혈액암협회'에서 약제비의 일부를 지원받을 수 있다고 한다.

📋 1월 15일

제주도에서 귤 농사를 짓는 새문안교회 송 권사님이 우리 집에 한라봉과 천혜향을 섞어서 한 상자를 택배로 부쳐 왔다. 따뜻한 마음이 천혜향 향기로 솔솔 코에 닿은 듯 했다. 너무나 고맙다. 나는 잘모르는 권사님인데 아내와는 친분이 두터운 분인 것 같다. 아내에게 잘 받았다고 전화를 했느냐고 물어보니 그렇게 했다고 한다.

아침식사는 가자미조림과 소고기국을 먹었고, 점심에는 새문안 교회 정 집사님이 현대백화점에서 사 온 삼계탕을 아내와 함께 맛있게 먹었다. 저녁은 소고기국과 두부를 데워서 먹었다.

내 차로 아내와 함께 잠원동 처제한테 가서 큰아들 장모님이 담아 준 김장 김치 2통을 전달하고 왔다. 김치만 전달하고 오려는데, 중국 대련에서 살고 있는 처제 둘째 딸과 사위, 손녀까지 길가에 나와서 인사를 한다. 구정 연휴를 맞이하여 딸이 친정에 들르러 온 모양인데, 이 인사가 이들과 아내에게 마지막 인사가 되고 말았다.

아침에는 안심 불고기를 먹고, 점심에는 베트남 쌀국수를 끓여 먹었다.

오후에는 아내를 숯가마에 데려다주고 약 2시간 후 오후 4시경에 다시 숯가마로 가서 아내를 태워 왔다. 숯가마에서 아내가 볼일이 다 끝나고 옷을 입을 때 나에게 전화를 하라고 하였다. 아내로부터 전화를 받고 내가 준비를 하여 숯가마까지 차를 타고 가는데 약 10분 정도 소요된다. 그래도 내가 숯가마에 가서 보통 5분 정도 기다려야 아내가 나온다. 아내가 건강할 때도 행동이 무척 느린 편이었지만 아프고 난 이후부터 행동이 정말 더 느려졌다.

저녁에는 오리고기 볶음밥을 만들어 먹었다.

오늘은 아내와 아침에 안심구이를 먹었다. 먹는 것이 사실 늘 즐겁기만 한 일은 아닌데 열심히 맛있게 먹는 아내가 고마웠다.

아내와 함께 오늘은 망원시장에 가서 야채들을 구입하여 왔다. 망원시장에 가면 새문안교회 이 권사님이 항상 마중을 나와서 아내에게 어떤 집에서 물건을 사는 것이 좋은지를 알려주신다. 정말 사랑이 넘치는 분이시다. 자신도 가끔 허리가 아파서 침을 맞고 왔다고 하시면서도, 우리가 망원시장에 간다고 하면 꼭 만나자고 하신다.

우리가 이 권사님으로부터 맛있는 김치들을 여러 번 받아먹었다. 그냥 받아먹고만 있을 수가 없어서 딸기 한 박스를 선물로 드렸다. 극구 사양을 하시는데 억지로 드리고 왔다. 이 권사님은 우리에게 베풀기만 좋아하시고 답례를 하려고 하면 너무나 한사코 사양을 하여서 받아먹는 것도 부담이 된다.

갑자기 아내의 오른쪽 다리가 팅팅 부어 있었다. 림프부종인데 항암주사 부작용으로 많이 발생한다고 한다. 다시 한번 가슴이 철렁하여 아내의 다리를 만져 보았다. 띵띵한 다리가 나의 멘탈을 또 시험하고 있었다. 본인이 가장 먼저 알았을 텐데 왜 말하지 않았을까? 나는 그게 또 가슴 아팠다. 산 하나를 넘으면 또 하나의 산이 앞을 가로 막는다. 림프부종을 예방하기 위하여 온열(온찜질, 반신욕, 찜질방) 등을 피해야 한다고 하는데 어리석게도 그동안 숯가마, 반신욕 등으로 몸에 해로운 행위를 얼마나 많이 했는지 모르겠다. 그런데 암에는 또 따뜻한 게 좋다고 하니 어느 장단에 춤을 춰야 할까?

내가 암에 대하여 어느 정도 공부를 좀 하고 간병을 한다고 생각했는데 지금 다시 처음부터 차근차근 검토하다 보니, 좋지 않은 음식을 비롯하여 좋지 못한 방법으로 간병을 해 온 것 같아 아내에게 무척 미안하고 부끄럽기 짝이 없다.

📋 1월 25일

희망이 보인 날

오늘은 채혈과 진료 일정이 잡혀 있는 날이다. 매일 반복되는 치료 일정. 그러나 오늘도 한가닥 희망을 품고 병원 문을 두드린다.

아내가 세브란스병원 암센터 2층 채혈실에서 오전 7시경에 채혈하고 9시 30분경에 4층 종양내과 주치의 이 교수의 진료를 받고 왔다.

"암수치가 200에서 100으로 떨어졌습니다."

종양 내과 주치의 이 교수의 말이다.

"폐에 전이 되었던 암은 사라졌습니다."

연이은 이 교수의 말에 나는 자욱한 안갯길에서 잠시 빛을 본 것처럼 기뻤다. 환호가 터져 나오려는 걸 겨우 참았다.

"다만 백혈구 수치가 저하되었습니다."

라고 한다. 백혈구 수치가 떨어진 것은 백혈구 주사를 맞으면 된다. 암수치(종양표지자)가 안정적으로 떨어졌고, 폐에 있던 암이 사라졌다고 하니 매우 기분이 좋았다. 오늘은 너무도 기쁘고 희망적인 날이다. 아내를 암으로부터 꼭 살려낼 수 있을 거라는 자신감이 솟구쳤다.

오후에는 '석플란트 치과'에 아내와 함께 갔다. 아내가 그동안 임플란트 시술을 위해 다녔던 치과이다. 오늘은 치아 본뜨기를 하는 날이다.

항암치료 중에는 치과 치료는 가급적 피하고, 안전한 치과치료를 위해서는 항암치료의 모든 사이클이 끝나고 혈액 수치가 정상으로 회복한 후에 시행하는 것이 좋다고 한다. 그러나 아내는 암으로 판정받기 이전에 임플란트 시술을 위한 치과 진료를 이미 시행하여 왔다. 그리고 잇몸 출혈의 우려 없이, 그저 치아 본뜨기와 치아 끼워 넣기만 하면 되기 때문에 가능하다고 해서 치과에 다녀온 것이다.

새문안교회 중보기도부 김 집사님에게 문자를 보냈다.

"집사님! 안녕하세요? 정타관 집사입니다.

우리 집사람 김태기 권사를 위하여 중보기도부에서 애절하게 기도를 하여 주신 덕분에 4차 항암주사를 맞는 동안에 탈모 이외에는 큰 부작용이 없었고, 지난주 토요일에 찍은 CT 결과도 좋은 편이고, 암수치도 절반으로 줄어들었다고 합니다.

이 모든 것이 주님의 은혜이며 집사님을 비롯한 중보기도부 여러분의 절절한 기도 덕분입니다.

내일부터는 5차 항암주사를 맞게 됩니다.

앞으로도 항암 부작용이 없고 항암주사가 암세포를 잘 제거할 수 있도록 계속 기도하여 주시면 고맙겠습니다. 감사합니다."

그랬더니 김 집사님으로부터 다음과 같이 답장이 왔다.

"네, 정 집사님. 알려주셔서 감사합니다. 생명을 주관하시는 하나님께 계속 합심하여 기도하도록 하겠습니다."

📋 1월 26일

아내와 함께 세브란스병원의 연세암병원에 가서 제5차 항암주사를 맞았다. 어제 희망적인 말을 들어서인지 아내는 그 힘든 항암주사를 맞고도 별 내색을 하지 않는다.

아침식사는 전복, 가자미 요리로. 저녁은 무, 콩나물, 고사리, 시금치를 넣어서 비빔밥을 해 먹었다. 아내는 모든 비빔밥을 다 좋아한다. 아내가 입맛 당기는 사람처럼 먹어 줘서 고마웠다.

오른쪽 다리 부종이 심하게 부어올랐다. 다시 먹구름이 내 가슴에 뭉게뭉게 일어나고 있었다.

📋 1월 28일

아내와 함께 연세암병원 24호실에 가서 후버바늘을 제거하고
왔다.

오는 길에 망원시장 푸줏간 정육점에서 한우를 구입하였다.
사람들이 많은 탓에 줄을 서서 거의 30분은 기다렸던 것 같다.

얼마 전에 큰아들 동현이가 강원도 심마니에게 부탁하여 구
입하였다면서 상황버섯을 갖고 왔었다. 큰 아들이 갖다준 상황버
섯이 생각나서 상황버섯을 슬로우쿠커slow cooker에 넣어 밤새도
록 달여서 유리병에 담아 두고, 아내에게 하루 한 컵씩 마시도록
했다.

📋 1월31일

작은아들 종우가 한국에 온 지 44일 만에 미국으로 출국하는 날
이다. 아내와 종우 부부와 중국집에서 점심식사를 하고, 디타워
빌딩에 있는 스타벅스에서 차를 마셨다. 종우가 어머니에게 용기
를 잃지 말고 무엇이든지 잘 잡숫고 힘을 내어 치료를 잘하라고
위로하여 주었다. 그 마음이 갸륵하여 옆에서 지켜보는 내 마음
이 먹먹했다.

종우가 멀리 떠나 미국에서 살고 있지만 필요할 때마다 자주

한국으로 와서 우리 부부에게 맛있는 음식도 사주고, 옷도 사주고, 좋은 이야기도 들려주고 이렇게 힘을 실어주고 가니 얼마나 다행인지 모르겠다.

아내도 누군가 자기에게 '아들만 있는 집에는 딸과 같은 아들이 하나는 있다고 하더라'면서 종우가 마치 딸같이 잘하고 있다고 좋아했다.

자기 일 하기도 버거울 텐데 미국과 한국을 빈번하게 오고 가며 엄마를 위해 애쓰는 종우 자신은 얼마나 힘들고 피곤할까?

📋 **2월 1일**

아내와 함께 망원시장 푸줏간에 가서 한우를 샀다. 오는 길에 신촌 하나로마트에 가서 두부랑 계란이랑 야채들도 구입하여 왔다. 신촌 하나로마트에서 파는 두부는 다른 두부와 비교했을 때 아주 고소하고 맛이 좋았다.

밤에 아내가 끙끙거리면서 신음 소리를 냈다.

"여보, 어디 아파? 신음 소리를 내게."

"내가 신음 소리를 냈어? 특별하게 아픈 데는 없는데 앓는 소리가 나도 모르게 나왔나 봐."

나는 잠시 난감해졌다. 아픔이란 보통 어느 한 부분이 고통스러울 때 느끼는 것인데, 아내는 어느 한 곳이 집중적으로 아픈 것이 아니고 온몸이 쑤시니 어디가 아픈지도 모르는 것이다. 이 아품의 정도가 얼마나 심각한 것인가? 내 마음이 답답하고 아프다.

📋 2월 4일

해병대 동기 지 국장과 박 대령 부부가 우리 부부를 김포 '설반' 식당으로 초대하여 갈비탕 식사를 하였다. 밑반찬이 꽤 알차게 나온 것 같았다. 열무김치, 와사비김치, 꿀떡, 석박지가 하나같이 시장에서 사 오는 김치의 맛이 아니고 직접 만든 거 같은 맛이었다. 갈빗대도 크고 실하면서 고기도 부드러워 살도 많고 은이버섯, 곱창, 당면까지 들어 있어 깊고 진한 국물 맛이 아주 좋았다.

해병대 동기 부부들과 식사를 하고 나서, 아내에게 바깥 구경을 좀 더 시켜 줄 겸 해서 "그냥 집으로 돌아가기는 그러니 강화도도 가깝고 한데 한 바퀴 돌고 가자"고 말했더니 다들 그러자고 한다. 강화도 초지진 및 김포 대명항 서해 바다의 아름다운 대명 포구와 어시장을 구경하고 돌아왔다.

📋 2월 5일

다리 부종이 가라앉질 않는다. 어떻게 하면 완화할 수 있을까? 항암 치료를 하면서 부작용을 예상했지만 눈앞에 있는 아내의 부종을 보니 다시 암울한 생각이 든다.

림프 부종의 주의 사항에는 찜질방, 사우나, 온천을 금지하라고 하니 그 동안 열심히 다녔던 일이 오히려 독이 되었나. 정말 갈

팡질팡할 뿐이다.

아내가 세브란스병원 2층 채혈실에서 채혈하고, 4층 종양내과 주치의 교수의 진료를 받았다. 백혈구 수치가 떨어져서 고단위 주사를 맞기로 했다. 그리고 면역력도 많이 떨어져서 항암주사도 1주일 연기하기로 했다. 아내의 몸속에서는 종양 억제와 면역력 저하라는 두 상반된 현상이 요동을 친다.

해병대 동기들 부인 중에서 마음에 맞는 사람들끼리 6명이 모여서 '6공주 모임'이라고 한다. 6공주 모임이 강남 '우들목' 식당에서 점심 식사 때 모였다. 식사 후 식당 옆 찻집에서 커피 등 차를 나누어 마시는데, 아내는 '석플란트 치과'에서 임플란트 시술 예약이 되어 있었다. 아내와 나는 찻집에서 친구들보다 먼저 일어서 나와, 석플란트 치과에 가서 임플란트를 시술하고 왔다.

저녁은 아내와 함께 베트남 쌀국수를 끓여 먹었다.

동네 류 사장 부부가 아내를 위로하기 위해 구파발 '송추 가마골'에 가자고 우리 집에 들렀다. 내 차로 운전하여 구파발 '송추 가마골' 식당에 가서 소고기구이 식사 대접을 받았다. 아내와 맛있게 먹었다. 감사한 마음이 매우 컸다.

109

식사를 마치고 운동도 할 겸 소화도 시킬 겸 하여 아내와 흥국사 길을 걸었다.

저녁식사는 전복을 넣은 미역국과 해산물 식단으로 하였다. 아내가 맛있다고 하고, 건강에 도움이 된다고 하니 아내의 건강을 위해 아낌없이 주고 싶다.

📋 2월 11일

오늘은 새마을금고 이사장 선거를 서대문구청에서 실시하는 날이다. 서대문구청 입구에 아내를 차에서 내려주고, 나는 주변 골목길에 주차하고 투표장으로 올라갔다. 투표하려는 사람들이 강당 안에 여러 겹으로 줄을 서 있는데 아내는 아무리 찾아도 보이지 않는다. 아내가 행동이 느리니 좀 늦게 도착할 것 같아서 나 혼자 줄을 서서 기다리니까 한참 후에 아내가 도착하였다. 왜 늦었느냐고 물었더니 엘리베이터를 잘못 탔다고 한다. 우리도 긴 줄을 서서, 약 30~40분간 기다렸다가 투표하고 왔다. 어쩔 수 없는 일이다. 옛날에 함께 다니던 '○○성결교회' 교인으로서, 지금까지 친하게 지내는 지인이 이사장으로 출마하는데 아내가 몸이 불편하다고 투표하지 않을 수는 없었다.

오는 길에 서울역 '롯데마트'에서 계란 등을 구입하여 왔다. 계란은 방목장이나 케이지와 축사를 자유롭게 다니도록 사육한 것으로 구입해야 한다.

📆 **2월 14일**

아내의 대구 대봉초등학교 동창들 모임이 있는 날이다. 장소는 '선동보리밥'집이다. 아내가 혼자 가기가 힘들어서 차로 태워다 줬다. 몇 시간 뒤에 모임이 끝났다고 연락이 와서, 한성대학교역 인근에 있는 스타벅스 커피숍 앞에 가서 아내를 모시고 왔다.

저녁식사 후에 아내에게 다리 마사지를 해주었다. 매일 마사지를 약 10분간 하고 나면 부종이 조금 가라앉는 것 같다. 마사지를 해주면 아내도 기분이 좋아지는 듯하다.

📆 **2월 15일**

아내가 세브란스 병원 암병원에서 채혈을 하고 종양내과에서 진료를 받았다. 정기적으로 하는 일이라 이젠 숙달이 되어 간다. 진료 결과 특별한 사항이 없다.

점심은 중국집 '메이탄'에서 유산슬밥과 짜장면을 1인분씩 주문하여 반씩 나누어 먹는 재미로 아내와 가끔 들리곤 한다. 아내는 짜장면을 좋아하고 나는 유산슬밥을 좋아하는데, 아내가 밀가루 음식을 가급적이면 피하는 것이 좋을 것 같아서 반반씩 나누어 먹기로 한 것이다.

점심식사를 하고 나서 아내와 함께 인왕산 둘레길 성곽 옆길을 따라 산책을 하고 내려왔다. 내려오는 길에 40대 아주머니들이 올라오면서 우리 부부가 손을 잡고 내려오는 것이 보기가 좋

인왕산 둘레길에서

았던지 "보기가 아주 좋습니다." "두 분이 많이 닮으셨습니다." 라고 하면서 우리를 격려하고 지나간다.

이제 겨울의 모습이 점차 옅어져 가는 게 느껴진다.

저녁식사는 별미집에서 했다. 박 장로가 새마을금고 이사장에 당선되었다고, 유진상가 건너편에 있는 '장어세상' 음식점에서 감정원 김 집사 부부와 우리 부부를 초청하여 장어구이를 대접했기 때문이다. 너무 많은 양을 주문해 주어서 배부르고 맛있게 먹고 왔다. 축하와 감사의 식사만큼 행복한 것이 또 있으랴.

📖 2월 18일

오늘은 아내가 세브란스병원에서 인퓨저 후버바늘을 빼고, 어깨에 백혈구 주사를 맞았다.

저녁식사는 황태국, 카레, 소고기 장조림으로 했다. 그런대로 식사를 잘하는 모습을 보니 내 맘이 편하다. 하지만 항암주사 투여 후의 후유증은 쉽게 회복되지 않고 있다.

이제 아내의 얼굴에도 부종이 확연히 나타난다. 이미 다리 부종으로 고생하고 있는 터라 가슴이 덜컥 내려앉는다. 인터넷에서 검색하여 얼굴 부종에 효과가 있다는 얼굴 마사지법을 공부하여 아내에게 가르쳐 주었다. 귀 뒤와 턱 아래를 양 손바닥으로 살살 문질러 주면 된다고 한다.

📋 2월 20일

제네시스 차량 구입 고객에게 주는 선물로 '더 프라자 호텔' 서울 뷔페 세븐스퀘어에서 아내와 함께 가서 아주 고급스러운 음식을

더 프라자 호텔 서울 뷔페 세븐스퀘어

마음껏 먹고 왔다. 아내도 매우 만족스러워했다.

특히 새우찜, 대게찜, 초밥, 양갈비 스테이크, 소고기 스테이크, 전복, 후토마키 등이 좋았고 과일도 아주 싱싱해서 좋았다. 생각지도 않은 대접에 나도 고마웠지만 아내는 어떤 생각을 했을까? 작은아들이 사준 제네시스, 물론 차도 마음에 들었지만 아들의 그 정성과 고마움에 아내는 엄마로서의 보람과 행복감을 누리지 않았을까 하고 생각했다. 특별한 날에는 가족끼리 또 함께 와서 먹으면 좋겠다는 생각이 들었다.

📝 2월 22일

오래간만에 인왕산 성곽을 따라 군인부대 막사 아래까지 올라갔다가 내려왔다. 아직 잔설이 산 속 곳곳에 숨어 있었지만 양지바른 곳에서는 어쩐지 훈훈한 기운이 도는 느낌이다.

산책을 마치고 집으로 오는 도중에

"동현이 아버지!"

아내가 불쑥 톤을 낮추어 나를 부른다.

내가 얼굴을 돌려 쳐다보는데 아내의 말이 벌써 내 귓속으로 들어왔다.

"오늘은 굽네치킨이 어때요?"

아내의 얼굴에 오랜만에 미소가 담겼다.

"그러지 뭐."

나도 웃으며 고개를 끄덕였다.

우리는 전화로 주문한 굽네치킨을 먹었다. 기름에 튀기지 않은 구운 치킨을 아내가 좋아한다. 나도 덩달아 좋아하며 맛있게 먹었다.

📋 2월 24일

점심식사 시간에 용인 수지에 사는 해병대 동기인 김 회장 부부가 지국장 부부와 함께 우리 부부를 수지 동천점 '쿠우쿠우'에 초청하여 다녀왔다. 김 회장 부부가 우리 부부에게 힘과 용기를 주기 위해 만든 자리인 것 같다. 김 회장 부부의 마음 씀씀이가 너무 고마웠다.

동천점 '쿠우쿠우'는 회초밥 전문점으로 주차장도 넓고 해서 김 회장이 이전에도 몇 차례 초청하여 갔었다.

📋 3월 1일

어느 덧 3월이 왔다. 이제 봄이 오는 시간이다. 작년 11월 하순에 암 확정 진단을 받고 겨우내 달려온 시간들이었다. 세상 밖 한 겨울은 그렇게 지나갔다. 하지만 우리 집의 시간은 그대로 멈춰 선 것 같았다. 아내의 몸 상태는 좋아지기보다 새로운 위험에 노출되고 있는 느낌이다. 차라리 시간이 가지 않고 머물렀으면 좋겠다는 생각이 든다.

저녁식사는 요 며칠 전에 아내와 내가 영천 시장에서 굴, 미역, 전복 등 제철 식재료를 구입해 온 것으로 식단을 차렸다. 불행 중 다행인 것은 아내가 식사를 잘 한다는 것이다. 이런 일이 계속되길 바랐다.

📋 3월 2일

뇌출혈

오늘은 아내가 제7차 항암주사를 맞는 날이다. 한 가닥 희망을 가지며 맞는 주사지만 항암주사 맞는 날은 언제나 긴장된다.

내가 차를 운전하여 아내를 암병원 지하 2층 엘리베이터 타는 곳에 내려주고 "4층 주사실로 가라"고 일러준 뒤, 지하 5층까지 내려갔다. 겨우 주차를 하고 막 내리려고 하는데, 보이스톡으로 미국에서 작은아들 종우의 전화가 왔다.

아들과 통화를 하면서 차에서 내려 아내의 주사실로 가려고 하는데 자동차 문이 잠기지 않고 '삐익삐익' 소리가 계속 울렸다.

"아빠! 이게 무슨 소리예요?"

종우가 약간 상기된 목소리로 묻는다.

"응, 차에서 나는 소리야."

하고 나는 대답했다.

"아빠! 엔진 시동을 끄지 않고 내리면 나는 소리예요. 시동을 끄세요."

하고 말한다. 종우 말소리가 아주 커졌다.

"종우야. 시동을 끄려고 해도 잘 안돼."

나는 시동을 끄기 위해 30분 동안 씨름을 하였다.

"아빠! 그대로 가만히 계세요. 지금부터 내 말 잘 들으세요. 지금 당장 응급실로 가세요."

종우의 목소리가 차분하지만 강하게 흘러나왔다. 종우는 이미 아버지 뇌에 이상이 생겼음을 직감하고 나를 응급실로 가도록 유도하고 있었다. 내가 골든타임 안에 치료를 받을 수 있게 나를 움직이게 했다.

종우는 나와 통화를 하면서, 주변에 사람이 있느냐고 물어보았다. 있다고 하니 그 사람을 바꿔 달라고 한다. 그 사람에게 나를 응급실로 모셔가 달라고 부탁했다고 한다. 이렇게 종우의 기지 덕분에 나는 큰일을 피할 수 있었다.

하나님이 미리 계획하신 은혜가 역사하는 신기한 순간이었다.

지난번에 아들이 차를 GV70으로 바꿔주지 않았다면 엔진 시동을 끄지 않았다고 '삐익삐익' 하는 소리가 나지 않았을 것이다. 그리고 그때 종우가 전화를 하지 않았더라면 내가 뇌출혈로 쓰러져도 아무도 몰랐을 것이다. 이 모든 것이 어찌 우연의 일치라고 말할 수 있으리요. 이 사건이 하나님이 우리 가정을 돌보시고 나와 아내와 우리 자식들까지도 사랑하고 계신다는 증거임을 깨달았다. 분명히 작은아들 종우에게 허락하신 효심이 만들어 낸 기적 같은 일이라고 생각한다.

나는 이 일을 하나님이 내게 주신 기적, 불쌍한 아내를 더 잘 돌보라고 주신 기적이라고 간증하고 싶다.

순간의 이어짐은 절묘했다. 내가 뇌출혈이 오는 그 순간에 종우와 통화했고, 마침 주변에 나를 도와줄 사람들이 있었고, 끝으로 병원에 있었다는 사실. 이 3박자의 기적을 나는 체험하게 되었다.

주님의 은혜에 감사합니다. 할렐루야. 주님을 찬양합니다.

그날 내가 자동차에서 내리면서 작은아들과 통화한 것까지는 기억이 나는데, 그후 서울대학교 응급실로 이송된 것과 뇌 수술을 한 것까지는 전혀 생각이 나지 않는다. 일반병실에서 의사 선생님이 눈을 떠보라고 할 때부터 흐릿하게 기억이 나기 시작했다.

나중에 그동안 경과에 대해 큰아들에게 물어봤더니

2일 오전 11시경에 세브란스병원 응급실로 들어왔고,

오후 4시경에 응급실과 큰아들 사이에 통화가 되었고,

저녁 8시 30분경에 서울대학교병원 응급실로 이송하였으며,

오후 10시 30분부터 수술에 들어가서

다음 날 오전 1시 30분경에 회복실로 갔다가 CT 촬영을 하고 일반병실로 옮겼다고 한다.

나의 병명은 뇌출혈이라고 한다.

아내를 간병하면서 나 자신은 별로 느끼지 못했지만 사실은 엄청난 스트레스를 받고 있었던 모양이다. 의료 전문 신문 '메디

칼업저버'의 발표에 의하면 "추적 기간 동안 103명(12.6%)이 사망했는데, 사회인구학적 요인과 질병요인을 보정했을 때 간병에 부담을 느끼고 있는 사람은 비간병인보다 사망 위험이 63%나 높았다. 반면 간병에 부담을 느끼지 않는 사람은 8% 밖에 증가하지 않았다."고 한다.

아차 하면 내가 아내보다 먼저 하늘나라로 가거나 반신불수가 될 뻔했던 것이다.

📋 **3월 3일**

일반병실에서 얼마나 시간이 흘렀는지 아침인지 저녁인지 알 수 없는 상황에 팔을 보니 여러가지 수액주사가 달려 있고, 머리에는 아주 가는 호스가 달려 있는데 이곳으로 핏물을 뽑아내고 있었다.

몇 시간 동안 머리에서 핏물을 뽑아낸 것이 약 300 ~ 400 cc 정도가 되었다.

그렇게 핏물을 뽑아내고는 나를 침대에 눕힌 채 CT실로 가서 CT 촬영을 하고 일반병실로 옮겨 왔다.

의사 선생님과 간호사가 와서 나에게 여러가지 인지기능검사 및 눈동자 작동, 팔·다리 작동 등을 검사하고 나서 퇴원해도 좋다고 한다.

그리고 퇴원하면 집으로 갈 것이냐고 묻기에 재활 요양병원으로 갈 계획이라고 했더니 잘 했다고 한다.

아들과 며느리들이 뇌출혈 후에 재활을 잘 해야 된다고 무조건 재활병원으로 가라고 해서, 집에서 가까운 재활전문 병원인 '서울 숭인병원'으로 가기로 했던 것이다.

우리 가족 단체 카톡방에 다음과 같은 메세지를 올렸다.

"머리가 아주 심하진 않았지만 지진이 지나간 것 같은데, 이제 간호사가 와서 혈압, 체온, 산소도 정상이며, 한 시간 뒤에 와서 금식을 해제해 준다고 한다."

종우가 답장을 보내왔다.

"어제 저랑 통화한 내용 다 기억나세요?"

"어제 엄마랑 병원에 내려서 주차한 것까지는 알겠는데 그 이후는 모두 기억이 없고 오늘 서울대병원에서 간호사들이 여기는 무슨 병원이냐고 하기에 세브란스라고 했더니 서울대병원이라고, 몇 월 며칠이냐고 해서 3월 2일이라고 했더니 3월 3일이라고 했던 기억이 나는 정도이다."

나는 휴대폰 조작에 별 어려움 없이 답장을 올려 주었다.

지금은 고인이 되신 새문안교회 송 장로님이 상록남선교회 단체 카톡방에 올린 글을 보고, 나에게 다음과 같이 메세지를 보내주셨다.

"카톡방에 글을 올리실 정도니까 무척 안심이 됩니다.

하나님께서 함께하셔서 멸망의 험한 구덩이에 빠지신걸 아시고 기가 막히게 묘수를 쓰셔서 직접 오셔서 탈출하시도록 하셨습니다.

할레루야, 빨리 나으셔야 합니다." 그리고

"하나님께서 일하셨음을 우리의 눈앞에서 보게 하셨네요.

감사합니다.

이제 편안한 마음으로 몸 관리하시면서 쉬세요."

라고 한다.

아내를 잘 간병하고 있어야 할 내가 뇌출혈로 응급실로 갔다고 하니, 송 장로님이 얼마나 놀라고 안타까웠으면 이렇게 메세지를 보냈을까 생각하니 고맙고 가슴이 미어진다.

📋 3월 4일

서울숭인병원 입원

서울대학병원 응급실로 이송할 때부터 계속 나를 간호하던 큰아들 동현이가 앰뷸런스를 불러서 나를 '숭인병원' 3인실에 입원시켜주고, 동현이는 출근한다고 집으로 돌아갔다.

동현이가 돌아간 이후에 혼자 팔·다리도 움직여 보고 일어나 걸어도 보고 하였는데 별다른 이상을 느끼지 못했다.

병원 옥상에 올라가니 걷기 운동을 할 수 있는 공간이 있었다. 한 바퀴를 도는 데 약 50 m가량 되는 곳을 20바퀴를 돌아보았는데, 마치 구름 위를 걷는 것처럼 몸이 공중에 뜬 기분이다. 다리에

121

힘이 제대로 들어가지 않는 것 같았다. 그 외에는 별다른 문제가 없는 듯 했다.

재활병원에 입원하면 몸의 '인지기능검사'를 해야 하는데 나는 팔·다리 모두 정상적으로 움직일 수 있으니 인지기능검사를 할 필요가 없다고 한다.

📋 3월 5일

나는 숭인병원에서 할 일 없이 하루 세끼 밥만 챙겨 먹으면서, 환자들이 재활 치료를 받는 곳을 가보았다. 이 병원에는 환자가 약 100여 명이나 된다고 하는데 재활 치료를 받는 모습을 보니 손가락을 제대로 사용하지 못해서 손가락 동작 훈련을 하는 사람, 팔·다리를 제대로 움직이지 못해 팔·다리 재활 운동을 하는 사람, 제대로 걸을 수 없어서 걷기 연습을 하는 사람, 휠체어를 타고 있는 사람 등등 정말 신체가 불편하여 재활 훈련을 하는 사람들이 강당과 같은 넓은 곳에 한가득 들어있었다.

다음과 같이 우리 가족 단체 카톡방에

"증조 할머니도 중풍으로 67세에 돌아가셨고, 할아버지도 뇌졸중으로 54세에 쓰러지셔서 3일 만에 돌아가셨고, 할머니도 중풍으로 16년간 고생하시다가 86세에 돌아가셨기 때문에 집안 내력이 매우 좋지 않았다.

그러니 다들 건강 관리 잘하기 바란다."

라고 메세지를 보냈다.

그리고 큰아들 동현이에게 '뇌졸중'에 관한 책을 구입하여 보내 달라고 하였더니 며칠 뒤에 명지성모병원 허춘웅 원장이 지은 **'뇌졸중 굿바이'**라는 책이 도착하였다.

나는 이 책을 열독했다. 아주 유익한 내용이 많아 읽어 볼 만했다. 책 내용을 혼자 알기 아쉬워 주요 내용을 요약해 보았다.

'뇌졸중 굿바이'라고 하는 책에서 주장하는 중요 내용은 다음과 같다.

국내 병원을 대상으로 조사한 바에 따르면 뇌졸중 환자가 병원을 찾는 시간은 발병 1.8일 후다. 초기에 치료를 받은 환자는 전체의 20%에 그친다. 환자 대부분이 당장 병원을 찾을 생각을 못 하고 치료를 받아야 할 귀한 시간을 흘려보내는 것이다.

한 예로 서울 지역 뇌졸중 환자 980명을 조사한 결과 골든타임인 4.5시간 안에 병원을 찾은 환자는 고작 29.3%에 불과하다. 10명 가운데 무려 7명이 적절한 치료 시간을 놓치는 것이다. 즉 적절한 치료를 놓친 7명 가운데 2~3명은 사망하고 나머지 4~5명은 반신불수 또는 언어 장애 등으로 고생을 한다는 이야기이다.

뇌졸중, 재발율 매우 높은 병이다.

환자들이 퇴원한 뒤에는 뇌졸중을 한번 경험했으니 안정된 것처럼 보인다. 그러나 안타깝게도 뇌졸중은 재발률이 매우 높은 병이다. 미국 로절린드프랭클린대학 의과대학 학장이자 뇌졸중 권위자인 마이클 웰치Michael Welch 박사는 연합뉴스와의 인터뷰에서 이렇게 말했다.

"뇌졸중 환자 10명 가운데 4명이 5년 이내에 재발하고, 그중 절반이 사망에 이르는 만큼 재발 예방을 위해 노력해야 합니다. 뇌졸중을 예방하기 위해선 건강한 생활 습관을 유지하는 것이 무엇보다 중요합니다."

재발 방지를 위해서는 좋지 않은 생활 습관을 바꾸고 피 속의 혈전 생성을 억제하는 혈전억제제와 고혈압, 당뇨 및 고지혈증 치료제 등을 복용하는 약물 요법이 중요하다.

규칙적인 식사, 저지방 식단, 적당한 운동, 정상 체중 유지, 금연 등을 지키고 정기적으로 의사의 점검을 받도록 해야 한다.

뇌졸중

뇌졸중은 크게 두 가지로 나눌 수 있다. 첫째는 혈관이 막힘으로써 혈관에 의해 혈액을 공급받던 뇌의 일부가 손상되는 것인데, 이를 뇌경색Infarction이라고 한다.

둘째는 뇌혈관이 터짐으로써 뇌 안에 피가 고여 그 부분의 뇌가 손상된 것으로, 뇌출혈Hemorrhage이라고 한다. 서양에서는 뇌경색이 뇌출혈보다 3배 이상 많으며, 우리나라에서도 뇌경색이 약 85% 정도로 뇌출혈보다 더 많은 것으로 알려져 있다. 뇌졸중

은 뇌혈관 질환과 같은 말이며, 우리나라에서는 흔히 '중풍中風'
이라는 말로도 불린다.

나는 뇌출혈 수술을 받기 약 한 달 정도 이전부터 걸을 때 골
이 좌우로 많이 흔들렸는데, 약 열흘 정도 지나고 나니 증상이 사
라졌다. 그러고 나서 수술하기 약 일주일 전에 편두통이 생겨, 내
가 생각해 봐도 좀 이상하다고 느껴져서 신경과 의원에 가서 진
찰을 받아 보았다.

경동맥 초음파검사와 뇌혈류 초음파검사를 하더니 이상이 없다
고 한다. 그런데 이틀 뒤에 응급실로 가서 뇌수술을 받게 되었다.

어떤 사람들은 자신에게 뇌졸중이 발생했는지조차 인식하지 못
하고 지나기도 한다. 하지만 대부분의 뇌졸중 환자에게는 지속적
인 언어 장애, 기능 마비 등 많은 문제가 찾아온다. 뇌졸중 환자 가
운데 살아남은 3명 중 1명은 영원히 장애를 안고 살아야 하고, 그보
다 더 많은 사람들은 오랜 기간 동안 치료를 해야 된다고 한다.

📋 3월 8일

나는 숭인병원에서 약 일주일 동안 입원해 있는 동안 매일 걷기
운동도 하고 큰아들이 보내준 뇌졸중에 관한 책도 보고 하는데,
건강상에 큰 문제가 없으므로 퇴원하려고 했다. 이 소식을 들은
아들과 며느리들이 절대로 안 된다고 야단들이다.

숭인병원은 식사도 별로 마음에 들지 않을 뿐만 아니라, 숭인

병원이 큰 종로통 대로 옆에 있다 보니 자동차 소음이 이만저만이 아니었다. 이곳은 야간에 자동차 소음에다 옆자리 환자 간병인의 코 고는 소리까지 합쳐지니 도저히 견딜 수가 없었다. 나는 음식도 마음에 들지 않거니와 여러 가지 소음 때문에 도저히 견딜 수가 없어 무조건 퇴원하겠다고 하였다. 그랬더니 작은며느리가 조용한 '동수원 한방병원'을 추천하여 주어서 그곳으로 옮겨 가기로 하였다.

뜻밖의 아내, 치매의 시작

'동수원 한방병원'으로 가기 전에 속옷도 챙길 겸해서 우리 집에 먼저 들렀다. 아내가 소파에 앉아 있었는데, 나를 보고 반가워할 줄 알았다. 그런데 아내는 완전히 무표정했다. 내가 먼저 아내에게 가서 안아주었지만, 아내는 아무런 반응이 없었다.

아내는 내가 어려운 고비를 넘기고 완전히 좋아진 상태는 아니라 하더라도, 일주일 만에 무사히 집에 돌아왔으면 반가워해야 하는데, 왜 이렇게 무심하게 대하는 것일까?

아무리 생각해봐도 이해가 잘되지 않았다.

그런데 나중에 심 신경과 의원에서 아내가 파킨슨병 치매 판정을 받고 보니 모든 것이 이해가 되었다. 아내는 이미 파킨슨병 치매 초기 환자였던 것이다.

이제 췌장암 4기에 파킨슨병 치매 증세까지 보이니 눈앞이 캄캄

했다. 앞으로 이 일을 어찌해야 할지 정말 답답하기 짝이 없다.

나는 간 데 없는 마음을 가지고 집을 나섰다. 나도 아직 심신이 온전치 못한데 아내가 이해할 수 없는 모습까지 보이니 하나님은 내 무릎이 다 벗겨질 때까지 시련을 주시려는가? 내 마음을 둘 곳이 없다. 도대체 이 시련을 어떻게 견뎌야 하나?

무거운 마음으로 '동수원 한방병원'에 왔다. 한 병실에 침대가 6개인데 내가 입원할 당시에는 속이 불편하다고 하는 환자 한 분만 있었다. 며칠 뒤에 다리가 불편하다는 젊은 사람이 들어왔다.

병실도 여러 개가 있지만 빈방도 많이 있어서 직원이 환자보다 많다고 환자들끼리 수군대곤 하였다.

이곳 한방병원에 처음 입원하고 나서 한의사와 양의사의 진료진료를 받았다. 매일 한방대학 대학원 실습생은 나의 대변량과 컨디션과 사소한 부분까지 매일 체크를 하였고, 간호사인지 간호조무사인지는 몰라도 혈압과 혈당 그리고 체온을 하루에 몇 번씩 체크를 하고 있었다.

궁금해 하는 가족들에게 단체 카톡방에 다음과 같이 메세지를 보냈다.

"동수원한방병원으로 옮겨서 첫 저녁식사인데 생선과 버섯무침, 무국, 토마토, 쑥갓생무침, 김치가 나왔는데 식사는 양호한 것 같다.

6인실에 단 두 명이 있는데 주변도 조용하고 건물 옆 운동장에서 걷기도 좋고 환자보다 직원이 더 많은 것 같아. 저녁 먹고 5천 보 걸었다."

나는 매일 아침식사 후에 침을 맞고 나면 하루 종일 할 일이 없어, 하루에 한 번씩 병원 길 건너편에 있는 '청소년 문화공원'에 가서 공원 전체를 몇 바퀴씩 걷고 온다. 처음에는 구름 위를 걷는 것처럼 몸의 중심이 잘 잡히지 않았다. 그런데 날이 갈수록 다리에 힘이 들어가는지 점차적으로 나아지는 것 같았다.

📖 3월 9일

상록남선교회

내가 새문안교회 상록남선교회 부회장 직분을 맡고 있는 관계로, 나의 신상에 대하여 상록남선교회 회원들의 관심이 없을 수가 없다. 특히 지난 3월 2일 수술 이후에, 아내가 췌장암으로 투병 중인데 나까지 뇌출혈로 후유증이라도 생기면 어떻게 하나 걱정들이 많았을 것이다. 그래서 상록남선교회 박 집사에게 전화를 하여 나의 현재 상황에 대하여 설명을 드리고 기도를 부탁드렸다.

그랬더니 남선교회 단체 카톡방에 나의 쾌유를 비는 글이 100여 건이나 올라올 정도로 많은 분들이 기도와 염려를 해주셨다.

내가 뇌출혈 수술을 무사히 받고 후유증이 남지 않은 것도 주님의 은혜요, 또 상록남선교회 많은 회원님들의 기도 덕분인 것 같았다.

그래서 상록남선교회 단체 카톡방인 '사랑방'에 다음과 같이 인사 말씀을 올렸다.

"사랑하는 상록남선교회 회원님들.

여러분의 따뜻한 기도와 염려 덕분에 무사히 뇌출혈 수술을 받고 후유증 없이 회복할 수 있었습니다. 주님의 은혜와 여러분의 기도로 이렇게 빠르게 회복할 수 있었음을 깊이 감사드립니다.

저와 아내가 어려운 시기를 겪고 있는 이때, 여러분의 기도와 응원이 큰 힘이 되었습니다. 앞으로도 여러분의 기도에 힘입어 건강을 회복하고, 주님의 뜻에 따라 섬기며 살아가겠습니다.

다시 한번, 모든 분들께 감사의 인사를 드리며, 주님의 축복이 늘 함께하시기를 기원합니다.

상록남선교회 헌신예배 후 회원 단체 사진

감사합니다."

오늘은 우리 가족 단체 카톡방에

"아침에 충남대학교 이계효 교수의 면역력에 대한 유튜브 동영상을 보았는데, 인간은 누구나 암세포가 매일 발생하고 있으며 면역력이 떨어질 때 암세포가 성장한다고 합니다.

면역력을 증진하기 위해서는 유산균이 필요한데, 유산균을 따로 복용하는 것보다 백김치, 물김치를 먹는 것이 더 좋다고 합니다. 색깔 있는 과일과 채소도 좋고, 청국장이나 김치와 같은 발효 음식도 좋습니다.

또 긍정적이 마인드를 갖거나 남에게 선을 베풀거나 했을 때, 또는 웃을 때에 몸에서 좋은 성분이 발생하여 면역력을 향상시킨다고 합니다.

공돈이 생기면 기분이 좋아지는데 이때도 면역력이 향상되며, 한번 웃을 때 생기는 면역력이 3천만 원 공돈이 생겼을 때와 같다고 합니다. 많이 웃으세요."

라고 메시지를 보냈다.

큰아들과 큰아들 장인, 장모님이 며느리와 손녀 희윤이와 함께

병원으로 면회를 오셨다. 병원 1층 로비 소파에 앉아서, 작은아들 덕분에 제때 응급실로 갈 수 있게 되었던 이야기와 내가 별다른 후유증 없이 잘 치료가 되어서 다행이라는 이야기를 했다. 그리고 아내의 증세에 대해 염려를 많이 하시다가 집으로 돌아가셨다. 위로를 많이 받아 무척 고마웠다.

사돈 식구들이 돌아가고 난 후 나는 잠시 쉬는 틈에 우리 가족 단체 카톡방에 다음과 같은 글을 올려 건강에 유념하도록 하였다.

"오늘 아침에는 서울대 이왕재 교수의 비타민 C에 대한 강의를 들었는데 할아버지, 할머니, 아버지, 어머니 모두 중풍이라고 하는 혈관성 질환으로 돌아가셨고, 나도 혈관성 질환으로 10년 전에는 협심증으로 스텐트를 2개나 박았고, 이번에는 뇌출혈로 응급실에 가게 되었다.

현대인은 음식 문화면에서도 육류를 과다 섭취하고 스트레스도 많이 받는데, 이처럼 가족력까지 확실하니 예방 차원에서 모든 식구가 비타민 C를 꼭 복용하도록 해야겠다."

📋 3월 12일

우리 가족 단체 카톡방에

"오늘 주치의와 이번 주말에 퇴원하기로 조정했다."라고 올렸더니, 아내의 답장이 올라 왔다.

"주치의와 상의했어도 병원에 더 있는 게 좋을 것 같아요. 집에 오면 나 때문에 신경 쓰이니, 혼자서 좀 더 쉬고 다음 주에 퇴원하면 좋겠네요. 오늘도 날씨가 좋아 1시간쯤 햇볕 있는 마당에서 걸었네요."

그리고 이어서

"나는 지금 며느리가 주문해 준 암 환자가 먹는 식사와 또 필요한 물건을 쿠팡으로 배달시켜 줘서 잘 먹고 운동하고 있으니 걱정하지 마세요~.

아무튼 다음 주말에나 퇴원하세요."

라고 긴 글을 써 보냈다.

그래서 내가

"병원 길 건너편에 있는 '청소년 문화공원'에 가서 산책하면서 두 바퀴 돌았더니 힘이 드네. 한 바퀴 도는 거리가 1.5 km이니 3 km를 걸은 셈이야."

라고 했더니, 아내가

"이제 한 바퀴만 돌아요."

라고 답장이 왔다. 내가 아내 걱정을 해야 하는데 아내가 더 나를 걱정하고 있는 것 같다. 자신보다 나에게 더 마음을 써 주는 아내의 사랑이 내 가슴을 찡하게 한다. 집 떠날 때 무표정했던 아내가 맞나 싶었다.

나의 콤플렉스

나에게는 두 가지 콤플렉스가 있다. 하나는 나의 이름이고, 또 다른 하나는 나의 외모이다. 내가 어릴 적 초등학교에 다닐 때는 이름이 '정창우'였다. 그런데 중학교 입학을 하면서 호적등본을 제출하라고 해서 떼어 보니까 내 이름이 '정타관'으로 되어 있었다. 중학교에 입학하는 그때부터 나의 이름이 정창우에서 정타관으로 바뀐 것이다. 초등학교에 다닐 때까지는 부모가 신고한 이름을 그대로 사용했지만, 중학교에 진학을 하면서부터는 호적등본에 있는 법적인 이름을 사용해야 하기 때문이다. 호적등본에 이름이 잘못 등록된 것은, 언젠가 동사무소 직원이 가정을 방문해서 호구조사를 할 때 누군가가 내 이름을 집에서 부르던 호칭을 그대로 알려주었다고 한다. 집에서 부르던 이름이 타관이었던 이유는 고향인 '고령'이 아닌 타관인 대구에서 태어났다고 애칭으로 그렇게 불렀기 때문이라고 한다. 경상북도 고령군 개진면이 부모님의 고향이었다.

그런데 내가 이름때문에 덕을 본 것도 없지만 손해를 본 것도 별로 없는 것 같다. 내 이름으로 청구대학교(영남대학교 전신) 입학 시험에서 전교 1등으로 입학하였고, 내 이름으로 해병대 장교도 되었다. 전기공학박사가 되고 여주대학교 교수도 되었다. 서울 남부지방검찰청 형사조정위원으로 10여 년간 봉사도 하였고, 새문안교회 안수집사도 되었다. 지금 내 이름으로 상록남선교회 회장도 되어 신앙생활을 잘 하고 있는데 무엇이 문제인가?

그리고 내가 남들보다 외모가 못생겼다고 느껴지는 것은 내 머리 뒤통수가 납작하여 보기가 엄청 싫었기 때문이다. 그래서 가급적 남들 앞에 나서기를 꺼려하였고 그러다 보니 성격도 내성적인 사람이 되었다. 그런데 결혼 후에 어느 날 아내에게 "내가 어디가 좋아서 나와 결혼했지?" 하고 물어봤더니 아내의 대답이 내 머리 뒤 꼭지 머리카락이 살짝 꼬부라져있는 게 보기가 좋았다고 한다. 이런 것을 천생연분이라고 하는 건가? 나는 내 뒤통수가 가장 큰 콤플렉스인데 아내는 그것 때문에 나와 결혼했다고 하니 정말 웃겨도 여간 웃기는 것이 아니다.

우리가 결혼할 당시에는 머리카락을 길게 기를 때이고 내 머리카락이 반 곱슬머리이니까 길게 기르면 끝부분이 살짝 꼬부라졌을 것이다.

이번에 뉴욕에 가서 아들이 단골로 다니는 이발소를 갔더니 한인 이발사가 하는 말이 "종우 씨의 머릿결이 어디서 왔나 했더니 바로 아버님이시군요."라고 한다. 그게 무슨 말이냐고 하니까 종우의 머릿결이 반 곱슬머리라서 드라이기를 사용하지 않아도 머리 모양이 잘 잡힌다고 하면서 '백만 불짜리 머릿결'이라고 칭찬한다.

한편 아내의 이름도 '태기'이니 친구들에게 놀림을 많이 받았다고 한다.

이게 동병상련인지 우리는 닮은 점이 한 둘이 아니었다.

오늘은 아내가 세브란스병원 암병원 2층 채혈실에서 채혈과 4층 종양내과 의사의 진료가 있는 날인데 내가 없이 어떻게 하고 있는지 염려가 되었다. 하지만 병원에 입원해 있는 내가 도와줄 길이 없다. 막막하니 내 마음 답답하기 그지없었다.

나중에 아내에게 들은 말인데, 나 없는 사이에 아내는 새문안교회 이 권사님을 우리 집으로 불러서 함께 택시를 타고 병원에 갔었다고 한다. 아내가 치매 증세가 있지만 아직 심한 상태가 아니라서 다른 사람과의 전화 통화는 큰 무리가 없이 가능한 것 같았다. 이 권사님의 수고가 더 없이 고마웠다. 어찌 이 은혜를 갚을는지 모르겠다.

내가 큰아들이 사다 준 모자를 쓰고 있는 모습을 사진 찍어서 우리 가족 단체 카톡방에 올리면서

"머리 수술한 부분도 모두 아물고 샤워해도 된다고 해서, 방금 샤워하고 찍은 인증샷."

이라고 했더니, 아내가

"늙은이 인물좋네~ ㅎㅎ.

지금 병원에서 집에 오니까 김 회장네가 과일과 신선한 야채

135

를 큰 박스로 한 박스 보내 왔어요. 너무 고맙네요~"

라고 답장이 왔다. 아내의 조크로 맘이 환해졌다. 김 회장의 진심 어린 정성을 들으니 염치가 없지만 내 기쁨이 이루 말할 수 없었다. 고맙고 고마운 사람들이다.

📋 3월 16일

오늘은 아내가 세브란스병원에서 제8차 항암주사를 맞는 날이다. 어떻게 하고 있는지 걱정만 앞선다.

나는 동수원 한방병원에서 내 몸을 스스로 이리저리 체크를 해 보고, 또 담당의사 선생님과 면담도 해 본 결과, 퇴원해도 별문제가 없다고 한다. 그래서 아내 걱정도 되고 해서 내일 오전에 퇴원하기로 했다.

📋 3월 18일

무심한 아내

동수원한방병원에서 퇴원 수속을 밟는 데 이래저래 시간이 걸린다. 큰아들 동현이가 차를 가지고 와서 함께 퇴원을 했다. 집에 가서 아내의 손을 잡아 주었는데 아내는 지난번과 같이 또 무표정이다. 정말 아내의 태도가 어떤 것인지 감이 안 온다. 파킨슨병 치매 증세가 있는 아내가 집에서 아무 말동무도 없이 홀로 지내는 것이, 이렇게 사람을 더욱 무심하게 변화시킨 것인지도 모르겠다.

아내가 나름대로는 제법 똑똑한 편이었는데 왜 이렇게 되었을까?

평소에 내가 새로운 소식이나 시사 상식에 관한 자료가 생기면 프린터로 출력하여 아내에게 전해준다. 그러면 아내는 관심 밖인 것은 쳐다보지도 않지만 자기가 관심이 있는 것은 열심히 공부하여 다 외워 버린다. 그래서 이런저런 이야기 끝에 자기 지혜를 발휘하면 이야기를 듣는 사람들은 깜짝 놀라기도 한다.

특히 아내가 교회에서 사회부 소속인 결혼상담부에서 일을 할 때였다. 외국에서 공부하고 들어온 처녀 총각들의 출신 대학에 대해 충분한 지식이 없으면 말하기가 어려운 때도 있으므로, 아내는 그 방면으로 열심히 공부를 하여 유명 대학의 정보에 아주 밝았다. 프린스턴 대학, 하버드 대학, 컬럼비아 대학, 예일 대학, 스탠포드 대학, 존스홉킨스 대학, 듀크 대학, 코넬 대학 등에 대해 사립대학인지 아닌지 그 대학에서 무슨 학과가 유명한 지 등등 아는 바가 아주 많았다.

그리고 세계의 유명 경영 컨설팅회사들도 맥킨지 앤 컴퍼니, 보스턴 컨설팅 그룹BCG, 베인 앤 컴퍼니, 액센추어Accenture 등 기업에 대해서도 회사 본사가 어디에 있으며 연봉이 얼마인지까지 훤했다.

또한 지도 보기를 좋아해서 우리나라뿐만 아니라 세계지도를 모두 외우다시피 하였고, 부동산 특히 아파트 가격이 오를 곳과 내릴 곳 등등에 대해서도 아주 잘 알고 있었는데 내가 외조를 잘

하지 못해서 아내는 늘 불만이 많았다. 아내가 하자고 하는 대로 했더라면 돈을 많이 벌었을 텐데 내가 말을 듣지 않아서 돈을 많이 벌지 못했다고 한다.

📋 **3월 19일**

새문안교회 상록 남선교회 월례회가 있는 날이다. 그동안 상록남선교회 회장님이 나와 아내를 위하여 많은 기도를 하였는데, 오늘 월례회에서 간단하게 인사를 하라고 했다. 그래서 그동안 내가 뇌출혈로 골든타임안에 응급실로 갈 수 있었던 것과 재활병원에서 생활한 이야기들을 했다.

지금은 특별히 안 좋은 곳 없이 아주 깨끗하게 나았으며, 이 모든 것이 세상 사람들은 기적이라고 하겠지만 전적으로 하나님의 은혜라고 하였다. 그랬더니 다들 박수를 치고 함께 기뻐하며 하나님께 영광을 올려 드렸다.

📋 **3월 22일**

세브란스병원 종양내과에서 항암주사를 4회 맞고 나면, CT 촬영을 하여 항암주사로 인한 경과를 본다고 한다. 그리고 CT 촬영을 할 때 특수부위의 영상을 잘 보기 위해 수액을 주사한다고 한다. 이 수액을 빨리 씻어 내기 위해 CT 촬영 후에는 물을 많이 마시라고 한다. 말하기 쉽고 글로 쓰기 쉽지만, 그 일을 실제로 감당해야 할 아내의 고통은 본인이 아니고서야 누가 알랴. 나는 그것이 안타까워 가슴을 친다.

오늘은 아내와 함께 경동시장으로 가 봤다. 집에서 제법 멀었지만 아내는 경동시장에서 좋은 물건을 싸게 구입하는 재미로 이 골목 저 골목을 불편한 몸을 이끌고 잘도 다닌다. 예전 같으면 아무렇지 않은 시장 구경이지만 아내의 투병과 나의 뇌출혈이 있고 난 후, 시장에 나와 같이 거니는 것이 무척 소중하고 새롭다는 느낌이 들었다. 흔한 일상이라 생각하고 그냥 흘려보냈던 장소들. 그 시간들이 이젠 너무나 소중하고 귀하다.

우리는 한참을 이리저리 다니다가 보리쌀, 더덕, 모싯잎 송편, 몸에 좋다는 전복 등 여러가지를 사서 집으로 돌아왔다.

오전에는 아내가 세브란스병원 채혈실에서 채혈을 하고, 종양내과 주치의 교수의 진료를 받았다. 진료결과는

1. 암수치는 정상범위를 유지하고 있으며

2. 흉부, 복강, 골반 CT 결과는 전이된 부분이 없으며

3. 항암치료는 계속하고

4. 림프부종은 운동 및 마사지 치료를 할 것(혈관에는 이상 없음)

모든 것이 희망적이었다. 우리의 기쁨은 이루 말할 수 없었다. 오후에는 남대문 시장으로 갔다.

지난번에 내가 아내에게 사다 준 모자가 마음에 차지 않았던지 모자가게에 들려서 모자를 다른 것으로 바꾸고, 여기저기 기웃기웃하다가 돌아왔다. 이제 와서 왜 이리 아내와 시장 구경 나오는 것이 귀하게 여겨지는 것일까?

📋 3월 30일

오늘은 아내가 제9차 항암주사를 맞았다. 아무리 전날 희망적인 이야기를 들었다고 해도 역시 항암주사를 맞는다는 것은 엄청나게 힘든 일이다. 아내는 잘 참아 주었다. 아내가 너무나 가여웠다. 나는 하늘을 쳐다보며 간절히 또 간절히 기도했다. 이 고난과 시련을 거두어 가시고 새 봄이 오듯 아내에게 신유의 은총을 허락해 달라고……

오후에 나는 강북 삼성병원에 가서 전립선암 검사를 위해 채혈, 소변 검사, 심전도 검사 등을 실시하였다.

2022년 3월에 '세란병원'에서 종합검진을 받았을 때 일이다. 평소에 나는 '전립선 특이항원PSA' 수치가 8.3인가 나왔지만, 신체상 별로 좋지 않은 곳이 없어서 무시하고 살았다. 그런데 주변에서 자세히 알아보라는 권고도 있고, 특히 작은아들이 "아빠, 검사를 받아 보는 것이 손해될 일이 아니잖아요? 검사비만 좀 쓰면 되는데 검사를 꼭 받아 보세요."라고 강력하게 권하는 바람에 귀찮음을 무릅쓰고 검사를 받아 보기로 했다.

그래서 큰아들 후배가 운영하는 '서울 U비뇨의학과 의원'에서 소변검사, 피검사, 초음파 검사 등을 실시하였다. PSA 수치가 6.4인가 나왔다. '서울 U비뇨의학과 의원' 의사가 처방해 준 약을 한 달 동안 복용한 후에 다시 PSA 검사를 할 때는 13.4가 나왔다. 오히려 높아졌다. 심상치 않은 일이었다.

비뇨기과 원장이 나에게 큰 병원에 가 보라고 하면서 강북 삼성병원에 의뢰서를 써 주었다. 그래서 강북 삼성병원에 외래 진료 접수를 하여 오늘 전립선암 검사를 받게 된 것이다.

· · · · · · · · · · ·

전립선암

전립선암은 PSA 수치가 4~10 ng/ml인 전립선암 환자의 3분의 2는 전립선에 국한된 암이고, 10 ng/ml 이상인 환자는 50% 이상이 진행된 암이며, 20 ng/ml 이상인 환자의 20%는 골반 림프절 전이가 있다고 한다.(1 ng 즉 1나노그램은 10억분의 1그램)

📋 **4월 1일**

어느덧 4월이 왔다. 이제 온 세상은 봄으로 덮였다. 하지만 우리의 집의 시간은 여전히 머물러 있는 것 같다. 날짜도 계절도 다 관심 밖이다.

아내가 암 진단 받고 이제 넉 달이 지나가고 있다. 그사이 겨울이 오고 겨울이 갔다. 하지만 우리 부부의 시간은 다르게 가고 있었다.

정해진 투병과 투약. 주사와 운동. 영양과 관리에 온 힘을 기울이며 시간을 뛰어넘는 중이다.

눈을 들어 바라보니 어느새 이른 봄꽃들이 피고 있다. 머잖아 벚꽃도 만발할 것이다. 세상은 생명의 봄이 오는데 우리에게도 봄이 오지 말란 법이 없다. 하루하루 최선을 다하고 희망을 바라보며 간단없는 간구의 길을 나아가는 수밖에 없다.

📋 **4월 4일**

오늘은 내가 서울대학교병원 신경외과에서 지난번 뇌출혈로 인해 했던 뇌수술 이후에 뇌에 고여 있는 피가 얼마나 남아 있는지 확인하기 위하여 뇌 CT 촬영을 하였다.

📋 **4월 6일**

오늘은 서울대공원에서 해병대 산우회 모임이 있었다. 벚꽃과 개나리가 만개한 화창한 봄날에 사랑하는 이들과 함께 금년도 동기회 첫 행사로 가진 게 해병대 산우회 모임이다. 세월이 가고 얼굴에 숨길 수 없는 나이테가 서려도 우리는 아직 귀신 잡는 대한민국 해병 용사임을 다시 한번 실감했다. 그 결의, 그 신념은 아직도 늘푸른 소나무처럼 전혀 시들지 않았음을 느꼈다.

본래대로라면 내가 아직도 산우회장으로서 행사를 주관해야 했는데, 아내가 발병한 후에 산우회장직을 박 대령에게 물려주었다. 아내는 함께 모임에 참석할 정도의 건강이 되지 않아 나 혼자 참석하였다.

지난 3월 2일 뇌출혈로 인하여 동기들에게 많은 심려를 끼쳤는데, 이제 멀쩡하게 회복이 되어 그동안의 경과도 보고하고, 뇌출혈의 증세와 뇌출혈에 대한 여러가지 상식에 대하여 길을 걸으면서 동기들에게 설명해 주었다.

📅 **4월 14일**

오늘은 내가 강북 삼성병원에 하루 동안 입원하여 전립선암 조직검사를 시행했다. 조직검사를 하는 도중에 폐혈증 등의 돌발 사고가 생길 수 있으니 입원을 하여 환자의 상태를 지켜봐야 한다고 한다.

보통 조직검사는 12곳을 검사한다고 하는 데 나는 13곳을 검사했다.

아내와 함께 바람도 쐴 겸 해서 '서삼릉 보리밥집'에 갔다. 서삼릉 보리밥집에서 우거지 수제비와 쭈꾸미 볶음을 시켜 먹었던 것 같다.

오는 길에 아내가 건강할 때 드라이브 삼아서 우리가 자주 가던 '일산 칼국수' 식당을 찾아갔다. 아내가 바지락을 듬뿍 넣어주는 일산 칼국수의 맛을 너무 그리워하여 간 것이다. 칼국수와 만두를 주문하여 아내와 함께 맛있게 먹고 왔다.

아내와 함께 중부시장에서 멸치를 구입하여 왔다. 아내가 건강할 때 가끔 가던 중부시장인데 우리는 시장 입구에 주차하고 미역, 다시마, 멸치, 김, 견과류, 계란 등을 구입하던 곳이다.

저녁에는 도가니탕을 데워서 나누어 먹었다. 여전히 식사를 잘 하는 아내가 참 고마웠다.

전립선암 판정

나에게 강북 삼성병원 비뇨기과에서 지난번 조직검사를 한 결과 전립선암 진단이 내려졌다. 13곳의 조직검사를 하였는데 7군데에서 수치 7이 나왔기 때문에 암으로 판정했다고 한다.

머릿속이 하얘졌다. 또 한 번 망치로 머리를 얻어맞은 기분이다. 설상가상. 업친 데 덮친 격. 산 넘어 또 산. 별별 암울한 생각이 몰려왔다. 아내의 얼굴이 확 눈앞에 다가왔다. 이 시련의 길은 어디까지인가?

🗓 5월 2일

인천도시개발공사 부사장과 인천시장 특별자문관을 역임하신 새문안교회 상록남선교회 직전회장인 김 집사님의 초대로 경복고등학교 교장으로 정년 퇴직하신 윤 집사님과 함께 회현동 동태집에서 동태찌개를 먹었다.

회현동 동태집은 40년 넘은 집으로 기사님들과 등산객들이 주로 찾아오는데 제육볶음, 고등어조림이 인기가 많고 겨울에는 동태찌개가 아주 인기가 좋다고 한다.

🗓 5월 3일

해병대 사관 45기 동기회에서 올에이 여행사에 의뢰하여 28인승 리무진 버스로 대한민국 청정 1번지라고 하는 청풍명월로 여행을 갔다. 청풍호 케이블카 타기, 옥순봉 출렁다리 걷기, 제천 의림지 주변 산책 등 하루 동안 관광을 잘하고 돌아왔다.

동기들을 만나니 즐거웠고 경치 좋은 청풍명월을 둘러보니 답답한 마음이 한결 뻥 뚫리는 느낌이 들었다. 그러나 문득문득 떠

오르는 아내의 얼굴. 나는 또다시 아내와 함께 지내면 생기는, 다람쥐 쳇바퀴 도는 듯한 상념에 빠진다. 아내의 암 투병 전에는 내가 이렇게 살 줄은 꿈에도 몰랐는데. 나는 머리를 좌우로 털고 앞을 내다본다. 청풍명월. 우리 부부에게 청풍명월처럼 아름다운 세월이 또 다시 올 수는 없을까?

📝 5월 5일

큰아들 동현이가 연휴를 맞이하여 어머니를 보기위해 며느리와 손녀 딸 희윤이와 함께 집으로 왔다. 철없는 희윤이는 이리저리 뛰어다니고 있다. 집에서 식사를 하면 힘이 든다고 중국집 '메이탄'으로 가서 점심식사를 했다. 아내와 내가 단둘만 갔다면 간단하게 주문하여 먹고 왔을 텐데, 아들 식구들과 다 같이 식사를 하게 되니 주문 메뉴가 복잡하다. 희윤이가 후식으로 나오는 딸기 셔벗sherbet을 두 개씩이나 먹는다. 아내가 중병 중이라 손녀에게 어린이날이라고 크게 신경을 쓰지 못하고, 용돈으로 얼마를 봉투에 넣어서 전해 주었다.

📝 5월 7일

"여보! 물을 많이 마셔야 해."

아내의 표정이 안 좋다.

"나를 빨리 낫게 하여 부려먹으려고 그러지?"

146

아내가 불평하는 목소리가 톡 튀어나왔다. 나는 갑자기 변한 아내의 모습에 잠시 얼떨떨해졌다. 당혹스러운 마음으로 아침식사 준비를 하다가 접시 한 개를 떨어뜨려 깨뜨렸다. 그 순간 뒤에서 아내의 말이 들렸다. 욕이다.

"××놈."

나는 너무나 어이없어

"왜 그런 욕을 해?"

하고 말했다.

"마음속으로 했는데 그만 소리가 흘러나왔네."

라고 한다. 아무리 치매 환자가 하는 소리이긴 하지만 기분이 별로 좋지 않았다.

요 며칠 동안 연달아 아내를 간병하지 않고 나 홀로 놀러 다닌 것이 원인인 듯하다.

사실 아내에게 미리 허락을 다 받고 다녀온 것이다. 하지만, 아내의 마음은 몹시 서운했던 모양이다. 돌이켜 생각해 보니 집에서 말동무도 없이 아내 홀로 얼마나 외롭고 쓸쓸했을까? 아내의 심사가 매우 불편해 보이는 것이 어쩌면 당연한 일이다. 이런 마음 상태가 '우울증'을 심해지게 한다고도 한다.

아내에게 최선을 다하여 간병하기로 맹세까지 했는데 이보다 더한 욕을 먹는다 해도 할 말은 없다.

아내에게 드라이브를 시켜 주기 위해 자유로를 통과하여 임진각에 갔다. 임진각은 아내가 암 판정을 받기 전에 몸이 건강할 때 교회 교인들과도 오고, 동네 지인들과도 왔으며, 해병대 동기들과도 여러 번 왔던 곳이다. 그런데 이번에 임진각에 와서는 무엇을 했는지 도무지 기억이 나지 않는다.

오후에는 '숲속 한방랜드 숯가마'에 태워다 주었다. 아내가 숯가마와 샤워까지 모두 끝나고 옷을 입으러 나오면 나에게 전화를 하라고 하고, 나는 집으로 와서 대기를 해야 한다. 약 2시간 정도 지나서 아내가 전화를 하면 내가 차를 가지고 아내를 태우러 숯가마로 간다. 아내는 혼자서라도 숯가마에 가는 것을 아주 좋아한다.

세브란스병원에서 채혈과 진료가 있는 날이다.

진료 결과, 백혈구 수치를 비롯해서 여러가지 수치가 상당히 좋아졌다고 한다. 내일부터 제12차 항암주사를 맞는데 지금까지는 2주마다 주사를 맞았으나 앞으로는 3주마다 맞는다고 한다. 암 치료를 생각하면 자주 항암주사를 맞아서 암세포를 빨리 소멸시키고 싶은데, 아내의 건강을 생각하면 항암주사를 자주 맞지 않는 것이 잘되었다는 생각이 든다.

해병대 동기 김 회장도 나에게 항암주사에 대해 잘 생각해 보라고 말을 했지만, 전문가가 아닌 이상 어느 쪽을 택할 것인지 망설여지기만 한다.

새문안교회 중보기도부 김 집사님에게 다음과 같이 메세지를 보냈다.

"중보기도부장님, 안녕하세요?

김태기 권사가 12차 항암주사를 맞았고 앞으로는 3주마다 항암주사를 맞기로 하였습니다.

식사는 그런대로 하고 있으나 오른쪽 다리에 림프부종이 생겨 힘들어하고 있습니다. 기도 부탁드립니다."

김 집사님으로부터 답장이 왔다.

"네 조치하겠습니다. 감사합니다. 1~9기 모든 헌신자들이 2개월간 기도하도록 일반 기도 제목으로 올리겠습니다."

아내가 좋아하는 봉원사 앞에 있는 한방 숯가마에 다녀왔다. 내가 아내에게

"다리 부종은 뜨거운 건 좋지 않은데……."

라고 했더니, 아내가

"다리를 숯가마 밖으로 내놓고 숯가마에 들어간다."

고 한다. 대단한 요령이다. 하지만 몸이 더워지는데 다리를 밖에 내놓았다고 그 다리만 시원함을 유지하지는 않을 것 같다. 나는 상황을 그저 지켜보고만 있을 뿐이다.

🗓 5월 31일

세브란스병원 암병원 2층 채혈실에 가서 채혈하고, 9시경에 4층 종양내과 이 교수에게 갔다. 이교수가 검진결과를 알려줬다.

검진결과는 지난번 CT 사진 판독 결과 췌장암 세포가 약간

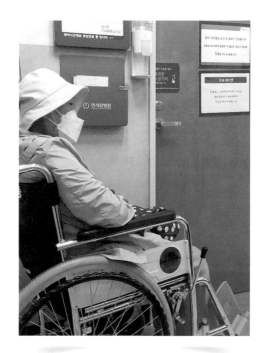

종양내과 주치의 교수의 진료를 기다리며

축소되었고, 암수치도 좋아졌다고 한다. 그리고 이번 주는 백혈구 주사를 안 맞아도 된다고 했다.

그동안 아내의 컨디션이 좋지 않아서 3주마다 항암주사를 맞기로 하였는데, 주치의가 예약 일정을 3주 후로 고쳐주지 않아 2주 만인 내일부터 제13차 주사를 맞아야 된다고 한다. 너무나 어이가 없다.

세브란스병원에서 채혈할 때는 오전 7시 전에 암병원에 도착하므로 엘리베이터 앞에 휠체어가 몇 대씩 준비되어 있지만, 항암주사를 맞으러 올 때는 오전 8시 30분경에 암병원에 도착하므로 이때는 휠체어가 거의 남아 있지 않아서 무척 힘이 들었다.

중환자가 좀 더 편리하게 진료를 받을 수 있는 그런 시스템이 갖추어졌으면 좋겠다는 생각이 들었다.

📋 6월 6일

해병대 동기 지 국장 부부가 행주산성에 있는 '장수촌' 식당에서 닭백숙과 오리백숙을 주문하여 박 대령 부부와 우리 부부가 함께 맛있게 먹고 왔다. 변함없이 우리 부부를 챙겨 주며 마음 써 주는 지 국장 부부의 호의가 너무나 고마워 목이 멘다.

장수촌 식당이 얼마나 소문이 났는지 손님으로 가득 찼다. 자리가 없어서 바깥 의자에서 대기하고 있다가 순서가 되어 들어갔다. 식사가 끝난 후에 행주산성 고양시정연수원 주차장에 주차를

하고, 산책길을 따라 걷기도 하고 벤치에 둘러앉아 지 국장 부인
이 싸 가지고 온 호두과자랑 과일들을 나누어 먹으면서 이런저런
얘기꽃을 피우며 놀다가 집으로 돌아왔다.

📅 6월 20일

내가 서울대학교병원 신경과에서 지난번 뇌 수술을 한 이후의 경
과를 보기위해 지난 16일 뇌 CT 촬영을 했는데, 오늘 진료를 받
고 왔다.

가족 카톡방에 그 결과를 올렸다.

"우측 사진은 두 달 전 사진인데 뇌 우측에 검은 부분이 피가
고여 있는 모양이며, 이번에 찍은 좌측 사진은 검은 부분이 거의
사라진 상태로 이 정도면 완전히 나은 것으로 보인다고 한다.

두 달 뒤에 한 번 더 CT 촬영해 보고 그때도 이상이 없으면 신

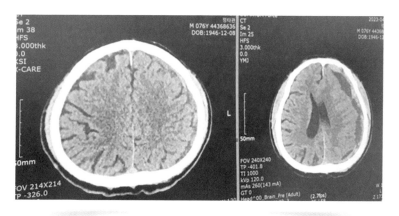

나의 뇌 MRI 사진

경외과는 오지 않아도 된다고 한다.

　모두들 신경 쓰게 해서 미안하구나.

　이제 건강 관리에 좀 더 유의하도록 하마.

　모두 집안 내력이 좋지 않으니 먹거리, 생활 습관, 운동 잘 챙기기 바란다.”

　라고 하였더니, 아들과 며느리들이

　“잘되었습니다. 앞으로 건강 조심하세요.”

　등 답장을 많이 올렸다.

3부 _____ 곤고한 이 몸 주를 바라며... _____

낙상

새벽에 거실에서 무슨 소리가 들려서 뛰어나갔다. 아내가 소파 앞에 주저앉아서 일어서지 못하고 있다. 왜 그러느냐고 물어보았더니 소파 앞에서 엉덩방아를 찧었다고 한다. 잘 일어서지도 못하고, 잘 걷지를 못하였다. 부축하여 주면 화장실은 겨우 걸어서 갈 수 있는 정도라서, 하룻밤 자고 나면 괜찮아질 거라고 생각했었다.

힘들어하는 아내를 휠체어에 태워서 세브란스병원 암병원 2층 채혈실에서 채혈을 하고, 4층 종양내과에서 진료를 받고, 재활병동 재활의학과에서 다리부종에 대해 진단을 받았다. 세브란스병원에서의 모든 일정을 마치고 일단 집으로 돌아왔다.

시간이 갈수록 아내의 몸이 심상치 않았다. 분명 어딘가 잘못되고 있다는 생각이 들었다. 세브란스병원 암병원 입구에 있는 휠체어에 아내를 태우고 4층 외래항암약물치료센터에 갔다. 제14차 항암주사를 맞고 나서, 작은아들에게 "어제 어머니가 넘어져 잘 걷지 못하는데 오늘은 걷기가 더 힘이 든다."고 전화를 하였더니, 응급실로 가서 X-ray 촬영을 하여 확인해보라고 한다.

아내를 휠체어에 태우고 응급실로 가서 X-ray 촬영을 하여 뼈의 이상 유무만 확인해 보려고 갔다. 응급실에서는 CT 촬영도 하고 여러가지 검사들을 해야 한다고 한다.

몇 시간 뒤에 검사 결과가 나왔는데 아내의 골반뼈가 골절이 되었다면서 수술을 해야 된다고 한다. 최종 결정은 의사가 하지만 갑자기 수술 시간이 결정되는 경우를 대비해서, 금식을 해야 하므로 점심식사 이후 물도 못 마시고 몇 시간을 금식하는 대기 상태로 들어갔다. 점심도 샌드위치 한 조각으로 때웠는데…….

엎친 데 덮친 격이다. 이제 이 일을 어떻게 할 것인가?

가족 단체 카톡방에 글을 올렸다.

"넘어진 건 어제 0시 30분경, 자다가 화장실에 가기 위해 소파 밑에 있는 전기스위치를 켜려고 몸을 엎드렸는데 어지러워서 주저앉았다고 한다. 어제는 거의 움직이지 못했지만 오늘은 혼자 힘들게나마 화장실도 다녀와서 괜찮을 것 같았다. 그러나, 혹시

나 하여 응급실에 와서 X-ray 나 한번 찍어 볼까 하고 왔더니 이렇게 또 한 번 고비를 맞게 되었구나.

집안에 우환이 올 때는 다들 열심히 기도하고 매사에 신중하고 자중자애하기를 바란다."

그리고 다시

"담당 의사가 방금 왕진을 왔는데 고관절이 두 동강 나기 직전이라 인공으로 교체하는 것이 좋을 것 같다고 한다.

그래서 내일 수술하기로 하였으니 수술이 잘 이루어지도록 기도해 주기 바란다."

고관절

뼈가 약해진 상태에서의 낙상은 치명적이다. 우리나라 65세 이상의 3분의 1 이상이 1년에 한 번 이상 낙상을 경험한다. 시력과 균형감각이 떨어지고 반사신경도 둔해지기 때문이다.

고관절 골절은 대부분 노인에서 발생한다. 그리고 화장실에서 넘어져 고관절이 골절되는 경우가 많은데, 의자에 앉아 있다가 혹은 침대에서 내려오다가 불과 50 cm밖에 안 되는 매우 낮은 높이에서 엉덩방아를 찧었을 뿐인데도 골절되는 경우가 있다고 한다. 실제 65세 이상 노인의 고관절 골절의 원인은 90% 이상이 낙상이다.

고관절이 골절되면 걷기는커녕 서 있기도 어렵다. 제대로 치료하지 않으면 2년 안에 사망할 가능성이 약 70%에 달한다. 수술 치료를 받으면 사망률은 많이 낮아지지만 그럼에도 고관절 수술 후 2년 내 사망률이 30% 정도라는 국내 연구 결과가 있다.

단순히 뼈가 부러진 것일 뿐인데 왜 이토록 치명적일까? 이유는 합병증 때문이다. 고관절이 부러지면 회복될 때까지 장기간 누워 지내야 하는데, 이때 엉덩이 주변 피부에 욕창이 잘 생긴다. 계속 누워 있을 때 반복적으로 눌린 부위가 혈액순환이 제대로 안 되면서 괴사하는 것이다. 처음에는 피부가 벗겨지다가 점차 깊숙이 썩어 들어간다.

욕창에 이어 폐렴, 요로감염 등이 잘 생기고 뇌졸중, 심근경색, 폐색전증 같은 질병도 추가적으로 발생하곤 한다. 가족이 고관절 골절 환자를 돌보기 어려워져 요양원에 모셨는데 영양실조, 치매, 섬망, 신경쇠약 등을 얻어 돌아가시는 경우도 있다고 한다.

📋 6월 23일

세브란스병원 응급실에서 아내의 심장 초음파 사진 촬영도 하고, 고관절 수술을 하게 되면 피를 많이 흘리게 되므로 미리 수혈을 해야 한다는 말을 들었다.

이것이 어디 평범한 일인가? 수혈하는 것 자체가 아내에게는 엄청난 또 하나의 재앙과 같을 것이다.

세브란스병원 응급실에서 아내는 환자 침대에서, 나는 의자에서 쪽잠을 잤다. 사실 제대로 잤다기보다 잠깐씩 눈만 붙이고, 또 긴 하루를 보내고 저녁 무렵에야 수술 시간이 잡혔다고 연락이 왔다.

그래서 다음과 같이 가족 단체 카톡방에 글을 보냈다. 참으로 초조함과 염려가 쏟아지는 기나긴 시간의 흐름이었다.

"수술은 응급 환자 수술 때문에 오후 6시 이후나 되어야 될 것 같다.

문제는 폐에 혈전(핏덩이)이 있는데 마취를 했을 때 이 혈전이 뇌로 가거나 심장으로 가게 되면 생명이 위험해질 수가 있다고 한다. 그래서 수술 후에 중환자실로 가서 며칠간 지켜봐야 한다고 한다.

수술이 안전하게 잘 되도록 기도해주기 바란다."

"이제 방금 수술실로 이동하고 있는데 수술준비 등을 하느라 7시경에 수술 시작하고 1시간 정도 수술한 후에 회복실로 올 것 같다."

"수술은 아주 간단하다고 한다."

"7시 18분에 수술 시작했다고 한다."

"암, 항암제 등이 혈액응고가 생기게 하고 인공관절 수술도 혈액응고가 생기게하므로 위험한 상황이 오지 않도록 주님께 간절히 기도해야 한다."

"수술이 이제 끝났다고 한다."

"10시 26분에 수술 끝나고 회복실로 옮겼다고 한다."

"지금까지 선善으로 인도하여 주신 여호와 하나님이시니 끝까지 좋은 길로 인도하여 주시리라 믿는다."

"요즘 너희 엄마는 감정의 기복이 심한데 거의 일주일 전부터는 기분이 아주 좋은 상태였다. 그런데 이번 일로 또 다운될까 걱정이 된다.

많은 용기와 위로를 해주기 바란다."

회복실에서 아내가 어느 정도 안정이 되어 아내를 일반병실 2인실로 옮겼다.

간호사는 아내의 혈압이 저혈압이고, 폐혈전이 우려되며, 빈혈 증세가 있다고 한다.

🗓 6월 25일

새문안교회 상록남선교회의 많은 회원님들이 아내의 질병에 대해서도 많은 관심을 기울이시고 기도를 하고 계시는데, 아내가 또 고관절이 부러졌다는 것을 이 사람 저 사람을 통하여 알고 계시는 분들에게 상황설명을 하지 않을 수가 없었다. 그래서 상록남선교회 단체 카톡방인 '사랑방'에 다음과 같은 글로 인사말씀을 올렸다.

"회원 여러분께 또다시 심려를 끼쳐드려서 대단히 죄송합니다.

고관절 수술 자체는 쉽고 간단한 수술이라 잘 되었다고 합니다.

폐혈전, 빈혈, 저혈당 등이 문제가 되어 오늘 하루 더 입원하여 안정을 취한 후 내일 퇴원하라고 합니다.

퇴원 후에 가까운 병원에 입원할 계획입니다.

위하여 많은 기도 부탁드립니다.

감사합니다."

그리고 가족 카톡방에 글을 보냈다.

"수술 후에 빈혈 증세와 저혈압으로 간호사들이 힘을 많이 써 줬다. 원래 오늘 퇴원하라고 했었는데 하루 더 안정을 취하고 내일 퇴원하라고 한다."

"앞으로 2주 정도는 재활운동을 하면 안 된다고 하네. 그래서 집 가까운 적십자병원으로 가기로 했다."

"서울중앙요양병원은 우리 집 바로 옆인데 내가 한번 들러보고 결정하도록 하겠다. 고마워~"

아내는 고관절 수술 후 빈혈증세가 심하여 세브란스병원 암병원 4층 외래항암약물치료센터에서 수혈 주사 2대와 혈소판 주사 1대를 맞았다.

📖 6월 27일

가족 단체 카톡방에 내가 올린 글이다.

"오늘 퇴원해서 적십자병원으로 옮기려고 했는데, 여기 암종양 내과의사가 담당(협진)하겠다고 해서 암병동으로 옮기라고 하더니 암병동에 병실이 아직 없어서 대기하고 있는 상태이다."

"저혈압이 조금 좋지 않은 상태까지 갔는데 지금은 안정이 되어 4시간마다 체크하고 있다."

아내가 빈혈증세와 저혈압으로 인해 수혈 주사 2대를 맞았다.

🗓 6월 28일

세브란스병원에서 퇴원한 후에 아내가 집으로 갈 수는 없으므로, 입원하여 암 치료도 잘하고 고관절 수술 후 재활치료도 잘 할 수 있는 요양병원이 필요하였다. 그래서 가족 단체 카톡방에 글을 보냈다.

"오늘 갑자기 담당 의사가 퇴원해도 된다고 한다.

암도 관리하면서 재활도 할 수 있는 병원을 검색해 주기 바란다."

아내가 보행보조기인 워커를 잡고 걷기 연습을 시작했다.

🗓 6월 29일

며느리들이 서울중앙요양병원이 시설도 좋아 보이고 집에서도 가까우니 한번 생각해 보라고 한다. 그래서 가족 단체 카톡방에

"일단 세브란스 암병원에 입원할 수 있으면, 암병원에 입원하고, 안되면 동네 서울중앙요양병원으로 갈까 생각 중이다."

라고 글을 보냈다.

어느새 7월이다. 시간은 참 빠르게 간다. 한여름 더위가 본격적이다. 오늘은 두 며느리가 시간을 내어 세브란스병원으로 면회를 왔다. 자기 일도 바쁜데 시어머니에 대한 생각이 남다른 것 같다. 효자인 남편들을 따라 더 효성스러운 모습을 보여 주니 고마울 뿐이다.

아내가 세브란스병원에서 퇴원하여 앰뷸런스를 타고 집에서 가까운 '적십자병원' 응급실로 갔더니, 자기들은 고관절 수술환자를 받을 수가 없다고 한다. 하는 수 없이 앰뷸런스를 다시 불러서 세브란스병원 응급실로 돌아갔다. '적십자병원' 응급실에서 고관절 수술환자를 받지 않는다고 하였더니, '청구성심병원'으로 다시 변경하여 그곳으로 입원할 수 있도록 조치하여 주었다. 이미 오후 늦은 시간이라, 내일 '청구성심병원'에 입원하기로 하고 앰뷸런스를 타고 집으로 돌아왔다.

청구성심병원 입원

아내와 함께 앰뷸런스를 타고 '청구성심병원'으로 가서, 입원 수속을 한 후에 아내는 2인실인 711호에 입원하였다.

165

해병대 친구 김 회장이 병원에 입원을 할 때 1인실은 너무 외롭고, 3인실 이상은 복잡하고, 2인실이 적당해서 좋다고 나에게 조언해 준 일이 있었다.

사실 2인실 역시 가끔 답답할 때도 있지만, 내가 급하게 볼일을 보기 위해 자리를 비울 때는 옆 환자 보호자에게 잠시 부탁할 수도 있어서 좋은 점도 많았다.

청구성심병원에 아내가 지난번에 코로나 확진으로 음압병실에 입원한 적은 있어도, 일반병실에 나와 함께 입원한 것은 처음이다. 환자용 침구류는 지급이 되는데, 보호자용은 지급되지 않는다고 한다.

고관절 수술로 피를 많이 흘려서 수혈 주사 3대, 혈소판 주사 6대를 맞았다.

📋 7월 5일

나의 강북 삼성병원 비뇨기과 자료들을 서울대학병원 비뇨기과에 제출하였다.

그리고 가족 단체 카톡방에 글을 보냈다.

"어제 오후 늦게 이곳 청구성심병원에 입원했는데 담당의사가 코로나로 입원했을 때 담당했던 내과의사이다.

지금 '워커'라고 하는 보행보조기를 잡고 화장실도 가고 10여 미터를 걷기 운동 하고 있다."

아내가 고관절 수술 후에 엉덩이 부분에 거의 한 뼘 정도의 수술 자국이 남았는데 세브란스병원 의사가 매일 아침저녁으로 소독을 하고 거즈를 잘 붙이라고 하여 의사가 지시한 대로 열심히 치료하고 있다.

아내를 목욕도 시켜 주어야 하는데 수술 자국이 아물지 않아 머리만 자주 감겨 주고 있다.

아내의 머리는 백발인데 나는 머리를 염색을 해서 새카맣게

워커를 잡고 병원 복도에서 걷기 연습하는 아내

하고 있으니, 같은 방에 입원한 할머니가 나에게 보호하는 환자가 어머님이냐고 묻는다.

아내의 머리는 희고 내 머리는 검으니까 착각들을 하는 모양이다. 나도 머리카락이 온통 백발이지만 수년동안 머리를 염색하지 않았다. 하지만 내가 봐도 너무 늙어 보여서 한두 달 전부터 염색을 하고 있는 것이다.

📋 7월 6일

대구에서 감정평가사로 일하고 있는 막내 동생 부부와 서초동에 살고 있는 바로 아래 동생 부부가 청구성심병원으로 문병을 왔다. 복숭아 한 상자를 들고 왔는데, 냉장고가 작아서 다 넣을 수도 없고 하여 한 방에 입원 중인 할머니와 간병하러 함께 온 아들에게 나누어 드시라고 몇 개를 드렸다.

아내가 청구성심병원 물리치료실에서 고관절 수술 후 올바른 걷기를 위해 물리치료를 받기 시작했다. 아내를 휠체어에 태워서 8층 물리치료실 앞까지만 데려다주고, 약 30분 뒤에 아내의 물리치료가 끝나고 나오면 아내를 데리고 온다. 아내에게 물리치료를 어떻게 하더냐고 물어보았더니 다리를 구부렸다 폈다를 한다고 한다.

형제의 꿈

내게 동생이 둘이 있는데 서초동에 사는 바로 아래 동생은 나보다 9살이 적다. 내가 어릴 때 바로 밑에 동생이 얼른 생기지 않으니까, 어머니가 아이를 더 이상 못 낳을 것으로 생각했다고 할머니께서 말씀하셨다. 이 동생은 딸만 셋이다.

대구에 사는 막내 동생은 나보다 16살이나 아래다. 그렇다 보니 내가 대학생일 때 겨우 초등학교에 다닐 정도라서 내가 무척 귀여워하고 키우다시피 하였다. 그런데 이 동생이 공부를 얼마나 잘하는 지, 학원 근방에도 가 보지 않았는데도 초·중·고등학교 시절에 전교에서 늘 최상위권을 유지했다.

이 동생이 대학교에 진학할 때 전국수학능력시험을 쳤는데 전

바로아래 동생네 가족들

막내 동생네 가족들(설악산 울산바위를 배경으로)

국 수십만 응시자 중에서 50등 정도의 성적을 받았다. 서울대학교 어느 학과든지 다 갈 수 있는 성적이었다.

이 동생은 기대대로 결국 1981년 서울대학교에 입학했다. 그러나 5.18 광주 항쟁의 소용돌이 속에서 학생 운동에 참여하게 되었다. 학내시위로 강제징집되었고, 만기전역 후 학교로 돌아가지 않고 성남에 위치한 공장에 취업하여 노동 운동 등 민주화 운동에 헌신했다. 부동산 전문가가 되겠다는 생각에 감정평가사가 되었다. 대학시절 같은 노동 운동을 하면서 만난 동갑내기 아내와 결혼하고, 두 남매의 아빠가 되어 대구로 돌아와 민주당 후보로 총선에 출마하기도 했다.

이제 나도 나이가 팔십을 바라보는 늙은이가 되었다. 맏형인 내가 능력이 부족하면 동생들이라도 힘을 써서 우리 정씨 가문을 우뚝 일으켜 세워주었으면 좋았을 텐데, 그렇게 하지 못한 것이 두고두고 후회가 된다. 지금도 크게 부족한 것이 별로 없는데, 이것도 나의 지나친 욕심인 것일까? 가족끼리 서로 사이좋게 건강하게 잘 지내면 되는 것을. 그리고 우리에게는 자식들이 있으니 우리가 이루지 못한 꿈들을 다음 세대가 꼭 이루어 주기를 기대해 볼 따름이다.

📝 7월 7일

아내가 항생제 주사 3대를 맞았다.

다음과 같이 새문안교회 중보기도부에서 메세지가 왔다.

"정 집사님, 안녕하세요?

김태기 권사님을 위해 중보기도부에서 계속 기도중입니다.

현재 상황을 업데이트해 주시면 함께 공유하며 기도하겠습니다.

감사합니다."

그래서 다음과 같이 답했다.

"수술 후 저혈압증세와 백혈구 수치 저하로 어려움을 겪었지만 어느 정도 안정이 되어 가고 있습니다.

계속 기도 부탁드립니다.

감사합니다."

오늘은 아내가 아닌 나의 건강 문제로 서울대학교병원에 갔다. 전립선암과 관련하여 비뇨기과에서 첫 진료를 받는 날이다. 어느 교수님에게 배당이 될지 궁금했는데 알고 보니 제일 유명한 교수님이 되어 무척 다행이다 싶었다. 진료실에서 내 이름을 호명하여 들어가니까 담당의사 교수님이 "혼자 오셨어요?"라고 묻는다.

나는 아무 생각 없이 "예."하고 대답하고 진료를 받고 나오니 주변 환자들 대부분이 보호자로 아내와 함께 오거나 아니면 아들 또는 딸과 같이 왔다.

나는 여태까지 내가 병원에 갈 때 한 번도 아내와 함께 병원에 다녀 본 적이 없다. 종합 검진을 받을 때도, 치질 수술을 받을 때도, 임플란트 치아를 할 때도 모두 다 나 혼자 다녔다.

지금 생각해 보니 한가지 예외가 있었다. 내가 서울대학교병원에서 심장에 스텐트 시술을 하기 위해 중환자실에 입원해 있을 때는 아내가 나를 지켜주었다.

아침 일찍 아내에게 아침식사를 잘 할 수 있도록 챙겨 주고서, 나는 서울대학교병원으로 갔다. 본관 비뇨기과에서 기초검사 및 뼈 사진 촬영을 했다.

아내가 세브란스병원에서 MRI 촬영하는 날이다. 일이 생각보다 복잡하게 전개될 예정이다. 나는 일찍부터 서둘러서 집에 가서 차를 청구성심병원으로 가지고 왔다. 아내를 태우고 세브란스병원에 가서 MRI 촬영을 마친 후에 다시 청구성심병원에 아내를 내려 놓는다. 그다음 다시 차를 집에다 두고 청구성심병원으로 와야한다. 병원 주차장에 주차를 하면 주차 요금이 하룻밤에 3만 원이라고 하여 귀찮아도 어쩔 수가 없다.

내일은 세브란스병원 종양내과 채혈 및 진료가 있는 날이다. 아내가 고관절 수술로 인해서 목욕할 수가 없었는데, 그동안 상처도 다 아물었다. 그래서 오늘은 공용 샤워실에 가서 온몸을 시원하게 목욕시켜 주었다. 아내의 머리도 빗겨 주고 얼굴에 로션도 발라 주었다. 목욕을 하고 나서 새 환자복으로 갈아입히니 "아! 개운하다."하며 아내가 좋아한다.

세브란스병원 종양내과에서 아내의 채혈과 진료가 있는 날이다. 오늘은 어제보다 더 일찍 일어나야 채혈실 문을 열 때 바로 채혈을 할 수가 있다. 그래서 새벽 5시경에 내가 청구성심병원에서 출발하여 집에 가서 차를 몰고 병원에 오면 6시경이 된다. 그러면 병실에 올라가서 아내를 병원 휠체어에 태워서 내 차까지 이동을 하고, 차로 세브란스병원까지 가서는 병원 휠체어를 구하여야 아내를 휠체어에 태울 수 있다. 다행히 아침 일찍 가면 병원 휠체어가 2~3대 여유가 있어서 쉽게 아내를 휠체어에 태울 수 있다. 이렇게 채혈과 진료가 끝나고 나면, 아내와 나는 다시 청구성심병원으로 돌아가서 아내를 병실로 모셔다 놓고, 나는 다시 차를 우리 집에 갖다 두고 와야 한다.

동네 친구 류 사장 부부가 청구성심병원으로 면회를 왔다. 늘 곁에서 관심을 주고 위로해 주는 그분들의 정성을 잊을 수 없다.

📋 7월 20일

오늘도 아내가 세브란스병원에서 제15차 항암주사를 맞아야 한다. 항암주사는 오전 9시부터 시작하므로 어제처럼 새벽 일찍부터 서두르지 않아도 된다. 그래도 나는 아침 5시경에 일어나서 아내의 아침식사를 준비해 주고, 일찍 병원을 나서야 집에 가서 차를 가지고 적당한 시간에 올 수 있다. 이렇게 하여 아내를 태우고 세브란스병원에서 항암주사를 맞고 나서, 다시 청구성심병원에 돌아와 응급실 입구에 주차를 하고, 응급실에 비치해 둔 병원 휠체어에 아내를 태워 병실까지 데려다주고 내려오는데 엘리베이터가 가끔 빨리 작동하지 않는 경우가 있다.

응급실 입구에 주차 단속 카메라가 있는데, 주차 시간이 5분을 초과하면 주차 위반 딱지가 날아 온다고 한다. 가끔 제대로 작동하지 않는 엘리베이터를 믿다가 주차 위반 딱지를 받을 때가 있다. 오늘도 주차 위반 딱지가 없기를 바랄 따름이다.

아내의 오른쪽 발뒤꿈치의 피부병이 차츰차츰 커지고 있다. '청구성심병원' 내과 담당 의사에게 이야기를 했더니 연고를 주어서 매일 아침저녁으로 열심히 발랐다. 하지만 별 효과 없이 자꾸만 크기가 커지고 있었다. 괜한 신경 쓸 거리가 하나 더 생기는 것이 아닌지 우려감이 들었다

그런데 동네 이화매일약국 약사에게 발뒤꿈치 사진을 보여주면서 문의를 하니까 '판테놀연고'를 써보라고 하여, 약 두 달 동안 열심히 발랐다. 그랬더니 어느덧 말끔하게 사라졌다.

'청구성심병원'에서 아내는 침대에서 생활하지만 나는 바닥에 있는 보호자용 간이침대에서 잠을 자야 한다. 2인실이기 때문에 다른 환자가 없을 경우에는 바닥에 넓게 자리를 잡고 잘 수 있지만, 다른 환자가 있을 경우에는 그 환자의 보호자도 바닥에 자리를 깔면 야간에 아내가 휠체어로 이동해야 하는데 여간 불편한 것이 아니다.

'청구성심병원'에서 나의 하루 일과는 새벽 2시와 새벽 4시경에 아내 화장실 보조하기 외에 아침 6시경이 되면 자리에서 일어나 끊임없이 계속되는 아내 시중들기이다.

먼저 정수기에서 더운 물을 한 병 받아와서 아내와 나누어 마시고 나서 발뒤꿈치 약 바르기, 과일 깎기와 아침식사, 매 식사 후

175

약 챙겨 주기, 다리 부종 치료를 위하여 '공기 마사지기' 또는 스타킹 착용 30분간, 오전 11시에 물리치료실에 가서 다리 재활운동 30분, 오전 11시 30분 복도 걷기 약 20분, 12시 점심식사, 오후 2시 복도 걷기 약 20분, 오후 3시 목욕, 오후 4시경에 간식 및 '공기 마사지기' 30분간, 오후 5시 저녁식사, 오후 8시와 10시와 12시 화장실 보조하기 등이다. 그야말로 하루가 풀타임이다. 그리고 매일 반복되는 일이다.

내가 책 보기를 좋아하는데 아내가 청구성심병원에 입원한 이후 하루가 얼마나 바쁘게 지나가는지 책 볼 겨를이 없다.

청구성심병원은 환자복을 요청하면 언제나 깨끗하게 세탁이 잘된 것으로 교체하여 주므로 아내가 무척 좋아한다. 아내의 환자복은 소형이어야 몸에 맞는데 소형이 많지 않아서 간호사에게 항상 미리 주문을 하여 비축해 놓고 갈아입어야 했다.

아내는 물을 많이 마시면 화장실을 자주 가야 되므로 나에게 미안하다고 물을 마시지 않으려고 한다. 나는 아내에게 지금 몇 번 미안하더라도 몸이 빨리 낫는 게 좋지, 물을 마시지 않고 몸이 빨리 낫지 않으면 되겠느냐면서, 물을 계속하여 많이 마시기를 권하였다.

'공기 마사지기' 대신에 세브란스병원 재활의학과에서 처방하여 제작한 '스타킹'(스타킹 안쪽에 엠보싱이 있는 것)도 가끔 착용하기도 하였디.

176

스타킹을 착용하고 하루 밤을 지나고 나면 부은 것이 조금 줄어들기는 하는데 스타킹을 벗으면 언제 스타킹을 신었냐는 듯이 도로 원상태가 되어버린다.

📝 7월 21일

아내는 어제 세브란스병원에서 제15차 항암주사를 맞고, 오늘은 청구성심병원 물리치료실에서 다리 꺾기 물리치료를 받았다고 한다.

나는 서울대학교병원 순환기내과에서 심장 스텐트 및 당뇨에 대해 진료를 받고, 신경과에서 수전증 진료를 받았다. 심장 스텐트에 대해서는 "통증이나 기타 이상증세가 없지요?"하고 의사가 물어보고, 당뇨 수치는 조금 높기는 하지만 그 연세에 그 정도면 그런대로 괜찮다고 한다. 수전증에 대해서는 그냥 약만 처방하여 준다.

📝 7월 22일

오늘은 새문안교회 3교구 지도목사 장 목사님의 심방을 받았다. 구역장에게서 언제 심방을 받을 수 있느냐고 여러 차례나 전화가 왔는데, 그동안 우리는 병원에 입원하여 있으므로 심방을 받을 수가 없었다. 그런데 아내가 목사님 심방을 받기를 원해서 '청구성심병원' 1층 로비에서 심방을 받기로 하였다.

장 목사님과 구역장과 부구역장이 함께 오셨다.

다함께 찬송가 301장을 부르고, 목사님이 성경 말씀 요한 3서 1장 2절을 읽으신 후에 말씀을 전해주셨다.

📋 7월 24일

전립선 방사선 치료

오늘은 내가 서울대학교병원 비뇨기과에서 전립선암 진료를 받았는데, 담당 의사가 나에게

"뼈랑 다른 곳에 전이된 것은 없고, 전립선에 2.5 cm, 1.5 cm 정도 두 개가 있어요. 수술하는 방법과 방사선 치료가 있는데, 나이도 있고 하니 오늘부터 방사선 치료를 하는 것이 좋을 것 같습니다."

고 하면서 나에게

"전립선 수술을 하시나요 아니면 방사선으로 치료를 하시나요?"

라고 묻는데 나는 방사선 치료를 받겠다고 대답하였더니

"그러면 방사선과 의사를 연결하여 드리겠습니다."

고 하면서, 방사선과 의사를 소개해주고 치료를 잘 받으라고 한다.

주차위반 의견진술서 제출

오늘도 아내를 세브란스병원에 데려가서 CT 촬영을 하고 오려면 집에 가서 차를 가지고 와야 한다. 그래서 새벽 5시부터 바쁜 하루가 시작되었다. 아내와 함께 세브란스병원에 가서 아내의 복부 등에 대한 CT 촬영을 하고 왔다.

은평경찰서에서 나에게 주차위반 통지서가 핸드폰 문자로 날아 왔다. 지난 7월 20일 세브란스병원에서 항암주사를 맞는 날인데 예감이 좋지 않았다.

주차위반 장소는 청구성심병원 응급실 앞이고, 위반 일시는 7월 20일 15시경이라고 한다. 은평구 경찰서 교통과로 전화를 하여 확인을 해보니 의견 진술서를 제출하면 검토하여 면제받을 수 있다고 한다.

그래서 다음과 같은 의견진술서를 제출하였다.

"본인은 대퇴골 골절로 청구성심병원에 입원중인 환자의 보호자입니다.

아내가 췌장암 4기로 항암주사를 맞기 위해 연세암병원에 가서 항암주사를 맞고 청구성심병원에 다시 돌아와서 혼자 병실로 걸어갈 수가 없어서 병실까지 휠체어로 이동시키고 침상에 눕히고 뒤처리를 하고 하다 보면 주차 시간이 지연되는 수가 있습니다. 병실에 올라가는 엘리베이터가 지연되기도 합니다."

179

그랬더니 경찰서 교통과에서 '환자 확인서'를 발급받아서 보내 달라고 한다. 병원 원무과에 환자 확인서를 발급받으러 갔더니, 환자 본인이 오거나 의뢰서를 받아오라고 한다. 조금 전까지 원무과에서 병원비를 계산하면서 환자 가족이라는 것을 알면서도 일을 어렵게 하고 있다.

환자 보호자가 정신적으로 육체적으로 이래저래 엄청 힘이 드는데, 병원 원무과에서 조차 보호자를 힘들게 하고 있으니 화가 치밀어 오른다. 화를 참고 원무과 직원 앞에 머물러 서 있으니, 나에게 의뢰서를 받아 오라고 했던 남자 직원 옆에 앉아 있던 여직원이, 환자 확인서를 발급하여 주었다. 그리고 환자 확인서를 여직원이 팩스로 은평경찰서 교통과에 직접 발송까지 해 주었다. 그랬더니 그 다음날 은평경찰서 교통과에서 나에게 주차위반 과태료가 면제되었다고 문자로 통보가 왔다.

📝 **7월 31일**

오늘은 내가 서울대학교병원 방사선 종양센터 진료를 받는 날이다. 진료실에 들어가니까 지난번 비뇨기과 의사 선생님과 마찬가지로 나에게 "혼자 오셨어요?"라고 묻는다. 다들 보호자와 함께 오는데 혼자 오니까 묻는 건지, 궁금해서 묻는 건지 알 수가 없다.

아내가 압구정동 심 신경과의원에서 진료를 받는 날이다. 내가 집에 가서 차를 가지고 와야 한다. 청구성심병원 바로 앞 지하철 5호선 연신내역 1번 출구로 가서 지하철을 타고 불광역, 녹번역, 홍제역, 무악재역 이렇게 4개 역을 지나면 바로 독립문역이다. 약 10분 정도이면 독립문역에 도착한다. 여기서 버스로 갈아타고 금화초등학교 앞에서 내려서 집까지 걸어간다. 이렇게 집에 가서 차를 가지고 청구성심병원으로 가서 아내를 태우고 압구정동 심 신경과에 가서 진료를 받고, 다시 청구성심병원까지 가서 아내를 병실까지 데려다주고, 다시 차를 집에 갖다 놓고, 청구성심병원으로 와야 한다. 무더운 날씨에 힘도 들고 짜증이 나기도 하지만, 아내가 나을 수 있다면 이 정도의 수고는 몇 번이라도 감수해야지 하며 마음을 다잡는다.

감정원에 다니는 김 집사의 부인과 새마을금고 이사장 부인이 병문안을 오셨다. 1층 로비 접견실에 아내를 휠체어에 태워서 엘리베이터로 내려가서 만났다. 지금은 무슨 이야기들을 하였는지 기억이 없지만 많은 이야기들을 하였다. 복숭아와 함께 콩장, 미역국, 김치 등을 전달해 주고, 하루빨리 쾌차하여 함께 여행 가자고 하면서 헤어졌다.

새문안교회 중보기도부에 다음과 같이 문자를 보냈다.

"늘 관심 가지고 김 권사의 쾌유를 위해 기도해 주셔서 감사합니다.

김 권사는 고관절 재활을 위해 청구성심병원에 한 달째 입원 중입니다.

병원에서는 이제 퇴원해도 된다고 하는데 아직 워커라고 하는 보행용 보조기 없이는 혼자 일어서지를 못해서 아직 입원 중입니다.

다음 주 화요일에 세브란스병원 종양내과에서 검진 후 목요일(10일)부터 제16차 항암주사를 맞을 계획입니다.

항암주사 부작용이 없기를, 그리고 고관절 인공관절 수술 후 재활운동을 잘하여 하루빨리 일상생활을 잘 할 수 있기를 소망합니다.

감사합니다."

그랬더니 답장이 왔다.

"네, 기도 제목 업데이트하고 계속 합심기도 하겠습니다.

감사합니다."

오늘은 여주대학교 가정과 안 교수가 '산채향'이라는 식당으로 나와 건축과 도 교수와 체육과 백 교수를 초청하여 함께 식사를 하였다. 식사를 하면서 과거 추억담과 서로의 근황도 물어보고 이런저런 이야기를 나누었다. 안교수도 이제 퇴직을 한 상태이고, 도 교수도 한 학기만 하면 정년퇴임이라고 한다. 백 교수는 신수가 아주 훤해지셨다. 비결을 물으니 오래전에 상처를 한 후에 지금은 딸집에서 딸과 함께 살고 있으며, 연애 중이라고 한다. 사랑의 위대한 힘이라고나 할까?

남자든 여자든 나이가 적든 많든, 사랑에 빠진 사람은 누구나 급격한 감정 변화와 함께 다양한 정신적·신체적 변화를 겪게 된다. 단순히 옷차림과 말투의 변화뿐만 아니라 표정과 인상, 안색까지 바뀌기 때문이다. 기분이 좋거나 사랑을 하면 옥시토신이나 엔도르핀과 같은 호르몬이 대량 방출된다. 이 호르몬으로 인해 피부 속 근육의 움직임이 활발해지고 스트레스 호르몬이 덜 나오게 돼, 안색이 맑아지고 표정도 밝아지며 피부가 젊어진다.

🗒 8월 9일

아내가 제16차 항암주사를 맞았다. 한없이 면역력이 떨어지고 무기력해지는 아내를 부축해 나오며 너무나 서러운 생각이 든다. 기진맥진하는 아내를 이끌고 단백질 보충을 위해 우리는 서오릉에 있는 '풍천민물장어' 식당에 가서 장어구이를 먹고 왔다.

아내를 청구성심병원 병실까지 휠체어로 모셔 놓고, 나는 차를 운전하여 우리 아파트 주차장에 파킹하고, 버스를 타고 청구

성심병원으로 빨리 돌아와서 또다시 아내의 간병을 시작해야만
된다.

용인 수지에 사는 해병대 동기인 김 회장이 복숭아와 키위를
20리터 1박스를 집으로 택배를 보내어 왔다. 가락시장에 가서 아
주 싱싱한 걸로 샀다고 한다. 그 정성이 너무나 고마웠다. 내가 집
에 들를 때마다 조금씩 쇼핑백에 담아 가서 아내와 함께 나누어
먹었다.

나에게 두 며느리가 있는데 큰며느리 현희는 플로리스트로 일
하다가 큰 아들과 결혼하여 지금은 육아에 전념하고 있다. 그리
고 작은며느리 주영이는 컴퓨터 프로그램 관련 회사에서 일을 하
다가 작은아들의 권유로 물리치료과를 대학에서부터 대학원 과
정까지를 다시 다니면서 국내 물리치료사 자격증까지 취득을 했
다. 지금은 작은아들과 같은 미국 DPT 자격증을 준비 중이라고
한다.

무슨 인연인지 두 며느리가 수원영복여자고등학교 선후배 사
이라고 한다. 그래서 그런지 두 며느리가 동서지간이 되어 서로
생각해 주는 마음씨가 얼마나 고운지 모른다.

가족 단체 카톡방에 글을 올렸다.

"국민건강보험공단 직원으로부터 전화가 왔는데 고관절 수술 후 3개월이 지난 후에 신청을 다시 해 달라고 하네. 그때 자기가 방문조사를 해서 결정한다고 한다."

수술을 마치고 3개월이 지난 뒤에 상태를 파악하여 노인장기 요양보험 등급을 지정하므로 그 때에 요양보험 신청을 하라고 한다.

서울대학병원 신경외과 CT 촬영 결과를 가족 단체 카톡방에 올렸다.

"오늘 서울대병원 신경외과 뇌출혈 진료는 이제 오지 않아도 된다고 한다. 피가 다 말랐다고 한다."

"정기 검사도 필요 없다고 한다."

이 얼마나 명쾌한 알림인가. 모처럼 기분 좋은 결과가 나와서 정말로 무척 기뻤다. 하나님께서 이렇게 기쁜 일도 주시는구나. 인자하시고 공평하신 하나님!

내가 서울대학병원 순환기내과 진료가 있는 날이다. 채혈 및 심전도 검사를 하고 진료를 받았다. 채혈 결과는 당화혈색소가 8.2이고, 심전도는 아무 이상이 없다고 한다. 진료 후에 약국에서 약을 받아 왔다.

어제 오늘은 내 건강을 위해 시간을 보낸 날이다. 검사 결과가 다 좋아지고 있다고 하니 그 말을 듣는 나는 매우 기뻤다. 아내도 이런 소견을 들으며 나아간다면 얼마나 좋을까?

📋 **8월 31일**

아내가 세브란스병원 암병원에서 항암주사를 맞고 있는 동안 나는 가족 단체 카톡방에 글을 보냈다.

"제17차 항암주사를 맞고 있는데 앞으로는 2주마다 주사를 맞는다고 하네. 이게 좋은 건지 어떤 건지 알 수가 없다."

"그리고 9월 4일 오전에 집 근처에 있는 '서울중앙요양병원'으로 옮기기로 하였다. 그곳 재활 프로그램이 좋으면 계속 있을 거고, 그렇지 않으면 일주일 정도만 있을거야."

📋 **9월 2일**

다음과 같이 새문안교회 중보기도부에 문자를 보냈다.

"그동안 청구성심병원에서 요양 겸 지냈는데 오는 9월 4일부터 우리 집 인근에 있는 서울중앙요양병원으로 옮겨서 걷기 등 전문 지도를 받으려고 합니다.

항암주사는 제17차까지 맞았는데 부작용없이 잘 극복하기를 기도부탁합니다. 감사합니다."

그랬더니 "네, 감사합니다."라고 답장이 왔다.

📋 9월 4일

오늘은 내가 서울대학병원 방사선과에서 전립선암 치료를 위하여 채혈을 했다.

📋 9월 5일

서울중앙요양병원 입원

오늘은 아내가 '청구성심병원'에서 퇴원하여 '서울 중앙요양병원'에 입원하였다.

아들과 며느리들이 전문적인 물리치료를 받는 것이 좋을 것 같다고 해서 '서울중앙요양병원'으로 옮긴 것이다. 청구성심병원에서 무더운 7월과 8월을 시원하게 잘 보내고 오늘부터 당분간 아내는 요양병원에서, 나는 집에서 지내게 되었다. 요양병원은 6인실에 자체 간병인이 1명이 배정되어 있어서 보호자 출입을 엄격하게 제한하고 있다. 면회도 하루 전에 신청하여 1주일에 한 번만 된다고 한다.

가족 단체 카톡방에 글을 보냈다.

"오늘 서울중앙요양병원 점심으로 나온 것인데 밥 반 공기, 계란말이, 소고기국 절반 정도를 먹고 더 이상 못 먹겠다고 했다.

6인실 냉장고도 별로 크지 않고, 각자 자기 반찬 넣어 두고 혼자 먹는 분위기도 아니고, 간호사에게 이야기하여 영양을 잘 섭취해야 하는 환자라고 했더니 뉴케어 같은 영양식을 사다 두고 먹으면 된다고 한다.

같은 병실 환자들을 보니 모두 누워만 있고 운동하는 사람은 전혀 없고, 재활실이라고 1층에 약 100평 정도 되는 곳에서 서너 명이 재활지도를 받고 있는 정도이다.”

“오늘은 첫날이라 별다른 계획이 없고 내일부터 재활운동 및 치료가 이루어지는데 9월 24일까지 일주일에 재활운동 1시간, 재활치료 30분씩 세 번 실시한다고 한다. 재활치료는 한 번당 5만 원이고 비급여라고 한다.”

“그동안 내가 다리 마사지도 해 주고 운동도 시키고 손발이 되어 주었는데 이 병원은 혼자서 강한 의지를 가져야만 하는 분위기인 것 같아서 우리와는 안 맞을 것 같지만 좀 더 지켜보는 수밖에 없네.”

“며칠 동안 지켜보고서 아니다 싶으면 다시 청구성심병원으로 가야 되겠지?”

사실 청구성심병원 주치의 선생님도 우리가 퇴원할 때 ‘언제든지 필요하면 다시 입원해도 됩니다.’라고 했다.

새문안교회 박 집사님이 흑염소탕 2인분을 직접 들고 우리 집에 가지고 오셨다. 냉장고에 넣어두었다가 꺼내어 데워서 아내에게 가져다주었다. 아내가 구수하고 맛이 좋다고 한다.

가족 카톡방에 서울중앙요양병원에 대하여 글을 올렸다.

"첫째는 식사가 엄마한테 다소 부실한 것 같고, 둘째는 재활운동을 얼마나 잘 할 수 있는지가 문제이고, 셋째는 이곳은 간병인 혼자가 6명을 케어해야 하니까 엄마한테 신경을 제대로 쓸 수가 없을 것 같다."

"내가 함께 있을 때는 베트남 쌀국수도 끓여 먹고, 감자탕도 사 와서 나눠 먹고, 순대도 사 와서 먹고, 재활운동도 함께 하고 종우가 사다 준 에어 마사지기도 돌려 주고, 세브란스병원에서 처방해 준 스타킹도 신겨 주고, 아침에는 사과, 오이, 토마토, 비트 등 해독주스 대신 과일을 한 접시씩 깎아서 먹고, 하루가 어떻게 지나가는지도 모르고 그렇게 두 달을 지났는데."

우리 집 수도가 누수가 된다고 한다. 지하 1층 주차장으로 나가는 문 앞에 물이 고여 있다. 전문 수리업자를 불러 수리를 부탁했는데 수도관이 분기되는 조인트 부분이 낡아서 모두 교체했다.

아내와 내가 약 두 달 동안 집을 비워 두니까 거실 벽 타일이 떨어지고, 식탁 등이 꺼지고 형광등 안정기가 고장나고 여기저기가 탈이 생겼다.

가족 단체 카톡방에 글을 올렸다.

"오늘 요양병원에서 물리치료를 처음 받았는데 내가 하는 것보다 아프지 않게 시원하게 잘했다고 한다. 그리고 운동도 열심히 한다고 한다.

저녁에는 이웃에 사는 박 집사님이 갖다준 염소탕 2팩 중에 하나를 뜨겁게 데우고 계란 6개를 삶고, 큰며느리가 갖다준 전복 1봉지를 간병인에게 전달하고 돌아왔다."

"물리치료사에게 스케줄을 물어보았더니 월·수·금요일 오전 9시 30분에 물리치료를 한다고 하는데, 얼굴이 밝고 선하게 생겨서 마음이 든든했다."

📋 9월 10일

가족 단체 카톡방에 글을 보냈다.

"오늘 저녁 요양원 식사시간 직전에 면회를 가서 류 사장 부부가 갖다준 호박죽과 잡채 그리고 굽네치킨 일부와 크룩스 신발을 전달하고, 식사하는 것과 식사 후에 운동하는 것을 보고 왔다. 간병인이 아주 청결하게 환자들을 잘 보살피고 있는 것 같아 좋아 보였고, 엄마도 만족하는 것 같았다."

"조금 전에 요양원 물리치료실에서 치료받는 모습을 보고 왔는데 열심히 훈련하고 있더군. 물리치료사가 조금만 하면 혼자 걸을 수 있겠다고 한다."

오늘은 아내가 세브란스병원에서 채혈과 진료진료를 하는 날이다. 어제 전화로 미리 아내에게 "내일 세브란스병원에서 채혈과 진료가 있어서, 차를 가지고 6시 30분까지 요양병원으로 갈 테니 옷을 입고 준비하고 있으시오."라고 연락해 두었다.

그리고 세브란스병원에서 가족 단체 카톡방에 글을 올렸다.

"세브란스병원 암병원 2층 채혈실에서 채혈하고 간단하게 식사를 하고 의사 진료를 기다리는 중이다."

"물리치료사가 앞으로 매일 치료받을 수 있다고 하네."

물리치료를 일주일에 3회 받을 수 있고, 한 번 치료받는 데 5만원(비급여)이라고 하였는데, 아내에게 물리치료사에게 직접 알아보라고 했더니 매일 치료 받을 수 있다고 한다.

채혈하는 날은 아침 7시 전에 병원에 오니까 휠체어도 여유가 있고, 주차공간도 여유가 있어서 수월하다. 아내의 휠체어를 밀고 암병원 2층 채혈실에서 채혈하고, 4층 종양내과에서 이 교수의 진료를 받고, 외래항암약물치료센터에서 제18차 항암주사를 맞앉다. 외래항암약물치료센터에 룸이 수십 개가 있는데 각 룸에도 침대가 9개 정도 놓여 있다. 침대 배정은 항암주사 예약을 할 때 미리 지정이 되는데, 가끔 창가에 배정이 될 때에는 창 넘어 연세대학교 학생들이 힘차게 등교하는 모습을 감상할 수도 있다.

다음과 같이 가족 단체 카톡방에 글을 보냈다.

"보통 진료하고 다음 날 항암주사를 맞는데, 오늘은 진료 끝나고 바로 항암주사를 맞고 있다."

"고관절 수술 이후 처음으로 집에 들러서 도가니탕 사다 두었던 것 끓여 먹고, 조금 전에 요양병원에 태워드리고 왔다."

📝 9월 18일

오늘은 '서울중앙요양병원'에 아내를 면회하러 가서 병실에도 둘러보았다. 일부러 점심시간에 맞춰서 갔더니 마침 식사가 배달되어 아내의 식사하는 모습을 사진으로 찍을 수가 있었다. 아내의 무기력한 모습에 가슴이 무척 아팠다.

📝 9월 20일

가족 단체 카톡방에 글을 보냈다.

"오늘은 세브란스병원에 CT 촬영하러 가는 날이라 아침부터 바쁘네.

다들 좋은 히루가 되기를."

서울중앙요양병원에서 점심식사를 하고 있는 아내

"아내와 같이 본관 4층 CT실로 기억하고 갔더니 암병동이라고 한다.

암병동 2층 CT실로 가니 4층 주사실에 가서 수액주사를 맞고 오라고 해서, 지금 수액주사를 맞고 있는 중이다.

간호사에게 무슨 수액이냐고 하니 그냥 식염수인데 CT 촬영할 때 조영재가 몸에 잘 스며들게 하는 약물이 들어 있다고 한다."

📋 9월 21일

아내를 휠체어에 태워서 세브란스병원 CT실에 가서 CT 촬영을 했다. 집에 와서 식사 하고, 다리 마사지, 쑥뜸 등을 한 뒤 요양병원에 데려다주고 집에 돌아와서 가족 단체 카톡방에 글을 올렸다.

"CT 촬영하고 집에 오니 오후 1시가 다 되어 아침 겸 점심을 먹고 다리 마사지, 쑥뜸하고 나니 오후 5시가 다 되어 요양병원에 모셔다드리고 왔다.

저녁 먹을 시간이라고 해서."

📋 **9월 22일**

가족 단체 카톡방에 글을 올렸다.

"청구성심병원에 있을 때는 종아리 굵기가 31 cm까지 줄어들었는데 어제는 37 cm까지 늘어났더라.

부종이 좋아져야 제대로 잘 걸어 다닐 수 있는데 큰일이야."

📋 **9월 25일**

아내가 퇴원하기 전에 닭발 묵을 만들어 자랑하고 싶어서 내가 경동시장에 가서 닭발 2 kg, 우슬초 1봉지, 대추 1봉지를 구입하여 왔다.

닭발 묵 만들기

경동시장에서 사 온 닭발을 깨끗하게 씻고, 우슬초와 대추를 듬뿍 넣고 3~4시간을 달였다. 하룻밤을 베란다에 내어 놓고 차게 하면 묵과 같이 된다고 한다.

그런데 굳지 않아서, 다시 냉장고에 하루 동안 넣어 두었는데도 묵이 되지 않는다. 묵 만들기가 실패를 한 것이다. 이것을 버려야 하나 어떻게 해야 하나 곰곰이 생각해보다가, 그냥 냉장고에 넣어 두고 아내가 요양병원에서 퇴원하면 그때부터 주기로 했다. 묵이 되지 않은 이유는 대추를 너무 많이 넣은 탓이었던 것 같다.

📅 9월 27일

서울중앙요양병원 퇴원

아내가 '서울중앙요양병원'에 입원한 지 약 22일 만에 퇴원하는 날이다.

작은아들 내외가 고관절 수술 후 물리치료사의 전문 치료를 받아 보는 것이 좋겠다고 하여, 지난 9월 5일 집 가까이에 있는 '서울중앙요양병원'으로 옮겨서 입원했다.

이 요양병원은 6명이 한 병실에 들어가는데 간병인은 조선족 아주머니 혼자 6명을 돌봐야 하는 상황이다. 환자가 운동한다고 돌아다니면 다칠 우려가 있다면서 가급적 누워 있으라고 한다. 그리고 전복장이나 과일을 전달해 주면 간병인이 환자 한 사람 한 사람을 일일이 다 챙겨 주기가 힘들다고 한다.

아내는 꾸준히 걷기 연습을 해야 다리에 힘도 들어가고 하는데, 운동을 하지 못하게 하니 '서울 중앙요양병원'에 계속하여 입원해 있을 수가 없다는 생각이 들었다.

그래서 추석 연휴 직전에 '추석을 집에서 지내고 다시 오겠다'

고 하고선 요양병원에서 퇴원했다.

아내는 요양병원에서 집에 오더니 '우리 집이 천국'이라고 하면서 무척 좋아했다. 집에 오니 운동도 자유롭게 할 수 있고, 함께 맛집에도 다니고, 해병대 친구 부부 모임에도 참가하게 되어 너무 좋다는 것이다. 온종일 음악을 들으면서 하루하루를 나름대로 알차게 지낼 수가 있으니 좋을 수밖에 없을 것이다.

해병대 동기인 장 사장 부인 현연 씨가 기정떡과 떡함지 떡을 택배로 부쳐 왔다. 냉동실에 넣어 두고 가끔 출출할 때 아내와 함께 꺼내어 먹으면서 현연 씨에 대한 이야기와 장 사장에 대한 이야기를 하곤 한다.

📋 **9월 28일**

아침에 더운 물 한 잔부터 마시고 사과, 양배추, 토마토, 비트, 파프리카 등을 넣어서 믹스기로 갈아 아내와 내가 한 컵씩 나누어 마신다. 그리고 지난번에 실패했던 닭발 곤 물을 소주잔으로 한 컵 아내에게 주었더니 먹을 만하다고 한다. 사실 대추를 지나치게 많이 넣고 곤 것이기 때문에 닭발묵은 되지 않았지만 대추차라고 생각하면 달달한 것이 먹기는 좋았을 것이다.

📋 **10월 1일**

모처럼 연휴를 맞이한 큰아들 부부와 작은며느리가 우리 집에 다

모였다.

　작은며느리 주영이가 아기가 아직 없어서 그런 건지 반려견 '귀요미'에게 정성을 아주 많이 쏟는다. 오늘도 추석이라고 자기들은 한복을 입지 않으면서 '귀요미'에게는 한복을 입혀서 데리고 왔다. '귀요미'의 선비한복을 입은 모습을 보고서 우리 모두는 한바탕 웃음바다가 되었다. 아내가 중한 병에 걸려 세월이 어떻게 가는지 별 관심이 없는 가운데 며느리가 이렇게라도 추석 기분을 만들어 주니 고맙기 그지없다.

🗓 10월 3일

아내에게 줄 항암 반찬을 전문 배달업체에 주문하면 일주일에 한 번씩 배달되어 온다. 반찬을 전문 배달업체에 주문하지 않았을 때에는 짜지도 않고 맵지도 않고 달지도 않고 맛있는 반찬을 구입하기 위하여, 큰길 건너 전문 반찬집에서 아내의 입맛에 맞게 조달해야 하는데 이 일이 하루 이틀이 아니다 보니 정말 힘들었다.

🗓 10월 4일

세브란스병원 암병원 2층 채혈실에서 오전 7시경에 채혈했다. 오전 10시경에 4층 종양내과 이 교수의 진료가 있었다.

　가족 단체 카톡방에 글을 보냈다.

큰아들 부부와 작은 며느리와 함께

"오늘 세브란스병원 종양내과 진료 결과 지난번에 촬영한 CT 는 더 이상 나빠지지는 않은 것 같고, 암수치는 안정적이라고 한다. 다리부종은 좀 더 두고 보자고 한다."

"CT 결과는 긴 연휴 관계로 아직까지 나오지 않았다고 한다."

🗒 10월 5일

세브란스병원 암병원에서 제19차 항암주사를 맞았다. 어느덧 19차 항암주사라니. 암이란 세포도 강하지만 치료를 이겨내고 있는 아내도 강하다. 아내는 암 세포와 싸우느라고 다른 많은 것을 잃는 중이다. 안타까울 뿐이다.

대구에 사는 막내 동생 부부가 샤부샤부 재료(소고기, 야채, 등)를 준비하여 보온·보냉 가방에 싸 들고 와서 우리 집에서 다 함께 샤부샤부 냄비에 끓여 먹었다. 야채를 그냥 많이 먹기가 어려운데 이렇게 샤부샤부로 만드니 많이 먹게 되어 아내나 우리 모두가 매우 흡족해했다. 배부르게 먹고도 남은 음식이 많아 냉장고 속에 넣어 두고 나중에 우리 부부가 끓여 먹기로 했다. 아내는 식재료를 잘 챙겨 온 막내 동생 부부에게 흐뭇해 했다.

오늘은 아내가 세브란스병원 심장내과에서 진료를 받았는데 "이상 없으니 앞으로는 올 필요가 없다."고 한다. 아내의 여러 가지 질병들 가운데 심장내과에서 앞으로 진료받을 필요가 없다고 하니 천만다행이다.

노인 장기 요양 보험 신청

엊그제부터 아내가 목감기에 걸린 것 같은데 기침도 밤에 몇 차례 하고 힘들어한다. 나는 아내를 데리고 '연세가정의학과 의원'에 가서 기침 치료를 받고 왔다. 혹시 코로나가 의심이 되어 코로나일까 간이검사도 하였으나 다행히 코로나는 아니었다.

새마을금고 이사장 박 장로의 부인이 요양원을 운영하고 있는데, 언젠가 우리에게 '노인장기요양보험'이라는 제도가 있으니 신청해 보라는 말을 했다. 요양보험 등급을 받게 되면 환자 케어도 해 줄 뿐만 아니라 반찬까지 만들어 주니 하루속히 신청하라는 것이었다. 내가 이래저래 시간을 내지 못해 미루고 있으니 박 장로 부인이 답답해서 직접 접수를 하겠다고 주민등록번호를 비롯해서 이것저것을 알려 달라고 하여 알려주었는데, 그럼에도 불구하고 본인이 국민건강보험공단에 와야 한다고 한다.

결국 내가 홍제삼거리에 있는 국민건강보험공단에 가서 노인장기요양보험 신청서를 작성하여 접수하고 왔다.

노인장기요양보험 신청서를 접수하고 나니까, 노인장기요양보험 '의사 소견서'를 첨부해야 된다고 한다.

🗓 10월 17일

오늘은 내가 서울대학병원 비뇨기과 곽 교수의 진료를 받았다. PSA 수치가 0.04이며, 앞으로 수치가 더 내려갈 거라고 한다. 그리고 호르몬 주사를 1대 맞고 가라고 한다. 암병동 3층에 가서 호르몬 주사를 맞는데 주사가 무척 아팠다. 간호사가 이 호르몬 주사를 맞고서 아프지 않다고 하는 사람은 한 사람도 없다고 한다.

어제 아내에게 배, 도라지, 대추를 달여 주었는데 감기에 차도가 없어서 오늘은 파 뿌리 말린 것과 생강을 달여 주었다.

📝 10월 21일

먼 곳에서 직장 생활하는 큰아들 동현이가 며느리와 손녀 딸 희윤이를 데리고 우리 집에 왔다. 아내의 투병 시작 후로 동현이는 먼 길이지만 틈만 나면 달려오곤 한다. 동현이네 가족들이 야채와 버섯 종류, 어묵 종류, 소고기 등 샤부샤부 재료를 사가지고 와서 점심식사로 아주 맛있게 끓여 먹었다.

📝 10월 22일

오늘은 내가 볼일이 있어서 잠시 집을 비운 사이에 새문안교회 남 장로님이 우리 집에 와서 아내에게 금일봉을 주고 갔다고 한다. 아내는 우리 식구가 아닌 다른 사람이 우리 집에 오는 것을 별로 좋아하지 않는데, 남 장로님이 갑자기 집에 들어와서 깜짝 놀랐다고 한다. 그러면서 무척 고마워하기도 했다.

📝 10월 23일

가족 단체 카톡방에 글을 보냈다.

"지난 13일부터 기침을 해서 약국에서 판콜을 사서 먹어도 안

되고, 동네 병원에 가서 두 번이나 처방을 받아 약을 먹어도 차도가 없어, 오늘 세브란스 응급실에 와서 피검사 및 X-ray 검사를 받는 중이다."

"이제 결과가 나왔는데 피검사 결과나 CT 사진에 특별한 이상이 없다고, 기침약만 처방받고 귀가하면 된다고 한다."

"혹시 폐렴은 아닌가 했는데 정말 다행이다."

📝 **10월 27일**

국민건강보험공단 직원이 실사하러 우리 집에 와서 아내의 상태를 보더니 아주 편하게 해 줘서 고마웠다.

가족 단체 카톡방에 글을 보냈다.

"오후 1시경에 국민건강보험공단에서 담당자가 실사를 나와서 몇 가지 질문을 했는데, 의사 소견서를 작성하여 11월 3일까지 제출하면 11월 8일 심사에 들어간다고 한다. 동네 가정의학과 의원에 갔더니 다른 데로 가라고 해서, 압구정동 심 신경과에 가서 진료를 받고 서류도 작성하여 인터넷으로 직접 제출했다.

문제는 담당자가 강남성모병원 신경과 과장 출신인데, 정확한 건 뇌 MRI 사진을 보고 판정해야 되지만, 아내가 손을 떠는 것을 보고 팔을 만져 보더니 파킨슨병 치매라고 한다."

심 신경과 의원에서 아내가 파킨슨병 치매 초기라면서 '의사 소견서'를 작성하여 직접 이메일로 국민건강보험공단에 접수해

주었다.

동네 친구 류 사장 부부와 서오릉 '풍천민물장어' 식당에 가서 장어구이를 먹고 왔다. 류 사장 부부와 지난 날 여행 갔던 이야기며 살아가는 이야기로 한참 이야기꽃을 피웠다. 아련한 추억의 장면이 눈앞에 어리는 것 같았다.

저녁은 아내에게 내가 만든 미역국을 끓여 주었는데, 아내가 잘 먹었다고 한다. 나의 요리솜씨가 날로 발전한다고 아내가 칭찬해 주었다.

이제 제법 아침과 저녁에 쌀쌀한 바람이 불기 시작한다. 우리 부부가 정신없이 투병 생활하고 있는 동안 가을은 계속 깊어만 갔다. 이제 창밖의 수목들 색깔도 점차 변해 간다. 우리의 시간도 늦은 가을쯤에 와 있는 것일까?

믿었던 말

다음과 같이 가족 카톡방에 글을 올렸다.

"어제 진료 결과 폐에 있는 종양은 사라졌고, 복강에는 종양이 새로 발생한 것이 없고, 암수치도 안정적이라고 한다."

세브란스병원 종양내과에서 진료를 받으면 이렇게 항상 좋아 졌다거나 아니면 나빠지지는 않았다는 이야기만 하니까, 나는 아내의 5년 생존에 대해 더욱 확신을 갖게 되었다.

📋 11월 3일

남대문시장 삼익상가 7층에서 지난번에 구입한 바지는 반품하고, 면 남방은 다른 색상으로 교체해 달라고 해서 두 차례나 바꾸러 다녔다. 남대문 삼익상가 7층 옷가게 주인은 내가 옷을 바꾸러 갈 때 마다 내가 바꾸려고 하는 옷의 가격을 올려서 부른다. 정말 장사 수완이 이만저만이 아니다. 힘들게 바꾸러 다니긴 하였지만 아내가 잘 입어 주니까 무척 다행이다.

아내는 무슨 물건을 구입하면 보통 몇 차례나 바꾸어야 직성이 풀린다. 아내의 이런 성격을 알면서도 괜히 옷을 사다 줘서 쓸데없는 고생을 하고 있다는 생각이 뇌리를 스친다. 그래도 고생하는 아내를 위해 하는 일인데 무슨 일인들 못 할까 싶다.

📋 11월 8일

국민건강보험공단에서 전화가 왔다. 아내가 노인장기요양보험 4등급을 받았다는 통보이다. 가족 단체 카톡방에 다음과 같이 글을 올렸다.

"오늘 국민건강보험공단에서 연락이 왔다. 심사가 방금 끝났는데 장기요양인정서 4등급으로 판정되었으며, 혜택에 대해서는 내일 오후 2시 회의에서 알려준다고 한다.

모두가 하나님의 은혜이며 기도 덕분이다.

고마워."

노인장기요양보험 4등급을 받고 나니 무슨 고시라도 합격한 것처럼 기쁘기가 한량없었다. 지금은 잘 생각나지 않지만 아마 여러 군데 전화를 하여 이 사실을 알렸던 것 같다.

오후에는 국민건강보험공단에서 노인장기요양보험 4등급 인정서를 받고 난 후에, 강당에서 노인장기요양보험에 관한 교육을 받고 돌아 왔다.

가족 단체 카톡방에 글을 보냈다.

"요양보호사를 일주일에 3시간씩 월요일부터 금요일까지 다섯 번 집에 불러서 일을 시킬 수 있고, 장애인용 장비를 구입해도 되고, 요양원에 입원해도 되고, 이런 것들이 대부분 전체 금액의 85%는 공단에서 지원하고 우리가 내는 돈은 15%만 지급하면 된다고 한다."

📝 11월 9일

오늘은 서울대학교병원 방사선과에서 나의 전립선암 치료를 위하여 예비 진료를 하는 날이다. 어제 저녁식사를 하고 난 이후에 제모를 하고, 오늘 병원 진료를 마칠 때까지 금식을 해야 한다. 집에서 출발 1시간 전에 관장을 하고, 간호사실 확인 후 소변보고, 물 500 cc 마신 다음 30분 후에 CT 촬영실로 들어가서 방사선 치료 기준선 그리기를 하고 집에 돌아왔다.

📋 11월 10일

압구정동 심 신경과의원에서 아내의 기억력 테스트 및 자율신경계 검사를 했다. 기억력 테스트와 자율신경계 검사를 하고서 그 결과에 대해서는 아무런 언급이 없다.

📋 11월 16일

전립선암 방사선 치료

서울대학교병원 방사선과에서 내가 1차 방사선 치료를 받는 날이다.

방사선 치료 하기 전에 4시간 동안 금식, 집에서 출발 1시간 전에 관장, 치료 30분 전에 물 500 cc 마시기를 해야 한다고 한다.

치료 직전에 항 구토제 알약 2알을 혀 위에 올려놓고 녹여서 먹으라고 한다.

치료는 약 10분 정도 소요된 듯하다.

가족 단체 카톡방에 글을 올렸다.

"내일 아침에 요양보호사 면접을 보기로 했다.

일주일에 월부터 금요일까지 오전에 3시간씩 집에 오는 걸로 해서 월급은 대부분 공단에서 지급하고, 우리는 약 20만 원 정도 내면 된다고 한다.

휠체어도 대여가 가능하다고 하니 대여하려고 한다."

그리고

"나는 오늘 아침에 서울대병원에서 1차 방사선 치료를 받고 왔다. 약 10분 정도 소요되는데 4시간 금식, 관장, 촬영 30분 전에 소변 보고 물 500 cc 마시기 등 절차가 복잡하긴 하지만 힘들지는 않았다."

📋 11월 17일

요양보호센터에 신청한 휠체어가 우리 집으로 도착하였다. 아내가 병원에 진료를 받으러 갈 때 휠체어가 없어서 그동안 무척 힘이 들었는데, 이제 휠체어를 내 차에 싣고서 전국 어디든지 다닐 수가 있으니 속이 아주 후련하다.

아내의 목소리가 떨리지 않고 맑아졌다. 아내의 컨디션이 좋아 보인다.

📋 11월 18일

아내와 함께 압구정동 심 신경과 의원에 다녀왔다.

아내의 컨디션이 좋아 보인다.

가족 단체 카톡방에 문자를 올렸다.

"요양보호사가 월요일부터 금요일까지 일주일에 5일, 오전 9시부터 12시까지 집에 오기로 했고 휠체어도 한 대 도착했다."

📅 11월 20일

요양보호사

'원천요양보호센터'에서 요양보호사 한 분을 모시고 와서 면접을 보라고 한다.

지난번에 면접을 보았던 분은 나이도 60대 후반이고 경험도 없이 처음이라고 하여 마음에 들지 않았는데, 이번에 모시고 온 요양보호사는 나이도 50대 후반이고 경험도 많다고 한다. 흡족하게 마음에 들었다.

내가 서울대학교병원 방사선과에서 2차 방사선 치료를 받았다. 방법은 1차 방사선 치료와 같았다.

오늘은 아내의 컨디션이 좋아 보인다. 요 며칠 사이에 좋아지는 아내의 모습에 오랜만에 내 가슴속 먹구름이 걷어지는 느낌이다. 이왕이면 계속 더 좋아지길 바랐다.

📅 11월 21일

우리집에 요양보호사 최 선생이 첫 출근을 했다. 아들이 대신중학교에서 전교 1등으로 졸업했고, 한국외국어고등학교를 졸업했다. 미국 듀크대학교 생명공학과 2학년까지 다니다가 지금은 캐나다의 외국인 회사에서 근무 중이라고 한다. 본인도 요양보호사로 근무한 경력도 풍부하다고 한다. 그리고 친정 어머님을 닮아서 요리 솜씨도 뛰어나다고 한다. 우리에게 아주 과분한 분을 모시게 되어 대단히 감사한 일이었다. 아내와 나는 주님이 우리에게 보내 주신 천사라고 했다.

해병대 김 회장이 위로금 수십만 원과 과일과 야채 1박스를 택배로 부쳐 왔다. 아내는 무척 고맙다고 하는데 나에게는 갚아야 할 빚이 자꾸만 늘어나고 있다. 해병대 동기들의 정성이 눈물겹도록 고마웠다.

아내의 컨디션이 좋아 보인다.

오늘은 오랜만에 내 마음이 기쁘고 만족스러웠다. 이런 날이 계속되기를 나는 간절히 바랐다.

🗒 11월 23일

서울대학교병원 방사선과에서 내가 3차 방사선 치료를 받았다. 방법은 1차 방사선 치료와 같았다.그런데 치료 직전에 항 구토제 알약 2알을 혀 위에 올려 놓고 녹여서 먹으라고 했던 것을 깜빡 잊어버리고 먹지 않았다. 치료를 하고 옷을 갈아입으니 주머니 속에서 알약이 나왔다.

아내는 세브란스병원 암병원에서 제21차 항암주사를 맞았다.

아내가 도맡아 사용하던 세탁기에 문제가 생겼다.

세탁기 고무 패킹이 찢어져서 세탁기 앞으로 물이 흘러나온다. 'LG서비스센터'에 문의를 하였더니 고무 패킹을 교체해야 된다고 한다. 서비스 센터에 세탁기 모델명을 불러 주었더니, 이틀 뒤에 서비스 기사님 두 사람이 우리 집에 와서 고무 패킹을 신제품으로 교체하고 갔다.

다 고친 세탁기를 보고도 무심한 아내의 표정이 내 맘을 무겁게 했다.

거기에다 아내의 컨디션이 별로 좋지 않아 보인다. 요 며칠 동안 컨디션이 좋았는데, 내 마음이 다시 무거워지기 시작했다.

📅 11월 24일

오늘은 아내가 췌장암 판정을 받은 지 1년이 되는 날이다. 감회가 새롭다. 그 동안 걸어온 길을 생각하니 정말 그 길을 우리가 걸어온 게 맞는지 의아해진다. 하늘이 노래지는 충격과 투병을 위한 극단의 과정. 거기에다 덧붙여 고관절 골절. 나의 뇌출혈, 전립선암 등등 이루 헤아리기 어려운 장애물을 헤쳐 나온 시간들이었다. 물론 아내의 몸이 전에 비해 많은 변화를 보여 왔지만 스스로가 노력하고 굳은 의지로 견디고 나가 준 것이 너무 고맙기도 하다.

내 생전 일찍이 꿈에도 생각해 보지 못한 일들. 이렇게 짧은 시간 안에 수많은 일을 겪은 것과 또 그 일을 감당해 왔다는 사실은 잘 믿어지지 않는다.

하지만 오늘도 세브란스병원에 가서 본관 4층 CT 촬영실에서 CT 촬영을 하고, 본관 3층 주사실에서 수액주사를 2시간 맞고 왔다. 기나긴 고난의 시간은 오늘도 어김없이 가고 있다.

오늘도 아내의 컨디션이 별로 좋지 않아 보인다.

📋 11월 28일

어제는 아내가 세브란스 병원 본관 4층 정형외과에서 X-ray 촬영을 하고, 골다공증 주사를 맞고 왔다. 오늘은 내가 서울대학교병원 방사선과에서 4차 방사선 치료를 하였다. 과정은 전과 같았다.

건강해도 감당하기 힘들 이 나이에 부부가 하나도 아니고 중한 병환을 여러 개나 몸 속에 가지고 치유받기 위해 병원으로 연일 드나드는 현실. 힘들고 때론 주저앉고 싶지만 그때마다 주님을 바라본다. 그리고 힘을 얻는다.

우리 부부를 위해 애쓰는 두 아들 부부. 그리고 친척들. 상록회 회원들. 믿음의 형제자매들. 지인들과 해병대 동기들. 모든 분들의 정성과 위로에 힘을 얻고 오늘도 일어나 걷는다.

아내가 몸에 힘이 빠진다고 한다.

📋 11월 29일

아내가 수일 전에 구역장 최 권사님에게 목사님 심방을 부탁하였는데, 오늘 3교구 지도목사인 장 목사님이 구역장 최 권사님과 부구역장 배 집사님과 함께 우리 집으로 심방을 오셨다.

찬송가 310장을 부르고 시편 23편을 읽으신 후에 말씀을 전해주셨다.

찬송가 310장을 다 함께 부르는데 목이 메고, 눈물이 나오는 것을 이를 악물고 겨우 참았다. 아내가 좋아하던 성경 말씀과 찬송가이다.

시편 제 23 편

여호와는 나의 목자시니 내게 부족함이 없으리로다

그가 나를 푸른 풀밭에 누이시며 쉴 만한 물가로 인도하시는도다

내 영혼을 소생시키고 자기 이름을 위하여 의의 길로 인도하시는도다

내가 사망의 음침한 골짜기로 다닐지라도 해를 두려워하지 않을 것은

주께서 나와 함께하심이라 주의 지팡이와 막대기가 나를 안위하시나이다

주께서 내 원수의 목전에서 내게 상을 차려 주시고

기름을 내 머리에 부으셨으니 내 잔이 넘치나이다

내 평생에 선하심과 인자하심이 반드시 나를 따르리니

내가 여호와의 집에 영원히 살리로다

오늘도 아내가 몸에 힘이 없다고 한다.

오, 주여. 아내에게 힘을 주소서. 강한 힘을 더하여 주소서. 나는 아내를 보고 기도한다. 수없이 기도한다.

📋 11월 30일

오늘 서울대학교병원 방사선과에서 5차 방사선 치료를 받았다. 과정은 1차 방사선 치료와 같았다. 이로써 나의 전립선암에 대한 방사선 치료는 모두 끝이 났다고 한다.

휴~ 감사합니다. 하나님! 나는 하늘을 향해 두 팔을 쳐들고 감사의 기도를 올렸다.

방사선치료는 치료하기 4시간 전에 금식하는 것과 치료 직전에 물을 500 cc 마시는 것이 문제이지, 통증이나 기타 힘 드는 것이 전혀 없고 치료 시간도 대기하는 시간이 다소 소요될 따름이지 별로 길지 않아서 좋았다.

📋 12월 1일

미국에서 작은아들 종우가 대한항공편으로 입국했다. 종우가 캐리어를 밀고 나오더니 나에게로 다가와서 두 팔로 힘껏 끌어안아 준다. 아내 간병에 지친 나에게는 큰 힘이 된다. 종우가 차를 타고 집으로 오는 길에 어머니의 건강 상태가 어떤지 먼저 물어본다. 요즈음 아내의 상태가 별로 좋지는 않았는데 작은아들을 보고 힘을 내어 주면 좋겠다.

아내가 몸에 힘이 없다고 운동도 하지 않겠다고 한다.

작은아들 종우와 함께 압구정동 심 신경과에 갔다. 아내가 몸에 힘도 없고 컨디션이 좋지 않다고 하여, 의원에서 글루타치온 주사와 비타민 주사를 맞고 왔다.

앞으로는 일주일에 한 번씩 신경과에 와서 진료를 받는 게 좋겠다고 한다.

종우가 인터넷으로 맛집을 검색하더니 강남 압구정동에 있는 중식당 맛집 '무탄'을 방문하기로 했다.

마침 심 신경과 의원 바로 뒷골목이다.

트러플과 스테이크가 올라간 짜장면이 유명하다. 항상 줄을 서서 기다려야 할 정도로 인기가 많은 맛집이라고 한다.

종우가 여러 가지 음식들을 주문하여 아내와 함께 맛있게 먹고 왔다. 생일 기준 전후 7일 이내에는 3만 원 식권을 준다고 해서 내 운전면허증을 보여 주고 3만 원을 할인받았다고 한다.

아내의 왼쪽 발에도 부종이 생겼다. 또 무슨 일인가 잔뜩 긴장되었다. 오른쪽 다리에 부종이 생겨서 무척 힘이 드는데 왼쪽 발이 또 부어올랐다. 초기에 잡아야 되겠다고 열심히 마사지도 하고 스타킹도 신고 하였더니 약 한 달 정도가 지나니 괜찮아진 것 같았다.

아내의 성격

아내의 성격은 아주 깔끔하고 완벽주의에 가깝다. 우선 남에게 싫은 소리 듣기를 아주 싫어한다. 그래서 남에게 돈을 빌리든지 무엇을 받으면 반드시 꼭 갚아야 되고, 좋지 않은 소리를 들으면 참지를 못 한다. 어떻게 해서든지 되갚아 주고야 만다. 그것이 여의치 않으면 그만큼 스트레스를 받는다.

그리고 아내는 쓸데없는 걱정을 잘 한다.

내가 "걱정한다고 될 일이면 밤새도록 걱정하겠다. 쓸데없이 걱정하지 말아라."라고 하여도 말을 듣지 않는다. 아내는 걱정도 정말 팔자인 것 같다. 아주 사소한 일도 밤이 새도록 고민을 한다.

캐나다 심리학자 어니 젤린스키Ernie J. Zelinski의 '모르고 사는 즐거움'이라는 책에서 말하기를

- 절대로 발생하지 않을 걱정 40%
- 이미 지난 일에 대한 걱정 30%
- 별로 신경 쓰지 않아도 될 걱정 22%
- 우리가 어쩔 수 없는 걱정 4%

따라서, 우리가 진짜 어쩔 수 없이 해야 할 걱정은 4%라고 한다.

아내는 친구분들이나 새문안교회 지인들이나 다들 아내가 무슨 근심거리라도 있다고 하면 "남편이 교수에다가 연금까지 나오고, 집도 있고 아들들도 장가 잘 들었고 무슨 걱정이 있냐?"라고 그런다고 말한다.

아내를 알고 있는 주변의 대부분의 사람들이 아내를 '아무 걱정거리가 없는 사람'으로 인정을 하고 있음에도 불구하고 아내는 언제나 근심 걱정이 가득하다.

그런데 아내는 성격이 완벽주의자라서 항상 남의 눈치를 보면서, 남들보다 조금이라도 부족하다고 느끼면 스트레스를 받는다.

아내는 웬만한 일은 속으로만 삭이고 잘 드러내지 않는다. 남편의 흉도 잘 보는 성격은 아니지만, 어쩌다 아내가 친구에게 남편 흉을 보면 친구로부터 "무슨 그런 소리를 하나? 네 남편이 너한테 얼마나 잘하는데."라고 핀잔을 받았다고 말을 한다.

📋 12월 4일

영천시장에서 도가니탕 2인분어치를 구입하여 왔다.

아내가 추석에 집으로 온 이후 대부분의 아침식사는 대성식당 도가니탕으로 했다.

도가니탕은 비록 네 발 달린 짐승(소고기)이긴 하지만 그래도 붉은 고기가 아니라서 단백질을 보충하는 데 좋은 음식이라고 한다. 2인분을 구입하면 아내 혼자만 먹을 경우 4번은 먹을 수 있다. 도가니탕은 아내가 거의 매일마다 먹어도 "아, 구수하게 맛있다."를 연발하면서 아주 잘 먹는다. 아내가 식사를 잘하니까 내가 얼마나 수월한지 모른다.

📋 **12월 5일**

작은아들 부부와 망원시장에 이것저것 살 것이 있어서 갔는데, 새문안교회 이 권사님이 아내를 보더니 물김치와 섞박지, 대봉 연시를 쥐어 주신다. 대봉 연시는 집에서 직접 키우시는 감나무에서 딴것이라고 한다.

새문안교회 여전도회 회장 김 권사님이 갈비탕을 손에 들고 집에 갖고 오셨다. 생각지도 않았는데 이렇게 우리 집에까지 방문하여 아내를 위로하여 주시니 고맙기 그지없다. 이처럼 사랑을 주시니 어이 은혜를 갚으랴. 우리 집사람이 어서 건강을 찾는 게 그 보답인 것 같다.

물김치

물김치 국물은 음양이 맞는 식품으로 10대 영양소(효소, 섬유소, 복합당, 유산균, 키토산, 콜라겐, 오메가3)의 집합체이자, 천연 효소 덩어리이며, 최고의 호르몬이다. 그리고 물김치는 해독 작용을 하며 골수암, 백혈암, 췌장암 등 각종 암에 효과가 있다고 한다.

작은아들 종우가 대한항공편으로 출국하는 날이다. 종우가 머무른 일주일이 왜 그리 빨리 지나가는지.

내 차로 종우를 인천국제공항 제2청사로 데려다주었다. 이별은 항상 쓸쓸한 일이다. 종우가 출국장으로 들어가는 모습을 끝까지 보고 돌아섰다. 떠나면서도 자기 엄마 걱정으로 표정조차 밝지 못한 작은아들. 마음이 먹먹했지만 그 효심이 고마울 따름이다. 사람은 만날 때는 좋은데 헤어질 때는 언제나 기분이 울적해 진다. 그러나 종우는 근래에 자주 만나서 그런지 헤어짐에 대한 서운함이 많이 줄어들었다.

압구정동 심 신경과 의원에서 의사가 아내에게 혼자 걸어 보라고 하니까 아내가 혼자서 2~3 m를 걸어갔다. 아내는 지난 6월 24일 고관절 수술 후 청구성심병원에서 워커에 의존하여 걷기 연습을 꾸준하게 잘하여 워커 없이도 혼자서 걸을 수 있을 정도가 되었다.

큰아들 동현이 부부가 순대와 수육을 사 와서 함께 나누어 먹었다. 큰아들 부부의 정성도 대단하다. 고마울 따름이다.

동현이는 매주 일요일 오후에 광주로 내려가서 금요일까지 근무를 하고, 금요일 오후에 집에 온다. 집에 올 때 자가용을 이용하기도 하지만 기차를 타고 오거나 아니면 분당에 살고 있는 동료 교수의 차를 타고 오기도 한다고 한다.

서울대학교병원 방사선과 진료를 받았는데 PSA수치가 0.04라고 한다. 그리고 이 수치는 앞으로 계속하여 낮아질 것이라고 의사 선생님이 나에게 이야기를 한다.

방사선 치료를 받고 난 후에 소변이나 대변에 이상이 없느냐고 의사가 묻기에 요도가 따끔거리고 대변이 갑자기 흘러나온 일이 있었다고 하니, 이게 모두 방사선 치료 후유증이라고 한다. 그 외에도 피부에도 이상이 있을 수가 있다고 하는데 그 당시에는 이상이 없었다. 그런데 약 2주 정도 지나서 엉덩이 양쪽에 버짐 비슷하게 피부병이 생겼다. '이화매일약국'에 가서 이야기를 하였더니 연고를 추천하여 주었다. 연고를 사서 두어 달 정도 발랐는데 버짐이 없어졌다.

이후에 서울대학교병원 방사선과 진료가 6월경에 예약이 되어 있었는데 나는 그때 미국 아들 집 뉴욕에 체류하는 중이라 큰 아들에게 연기 신청을 좀 해 달라고 했다. 그랬더니 한국 귀국 후인 7월 3일로 예약을 변경해 주어서 7월 3일 진료를 받았다. 방사선과 진료 결과는 PSA수치가 0 이라고 한다. 그러면서 이제 1년 후에 점검하자고 하면서, 1년 후로 예약 일자를 잡아 주었다. 정말로 기분 좋은 결과이다. 이 기쁨을 아내와 함께할 수 있다면 아내가 얼마나 좋아했을까? 아무리 큰 기쁨도 함께할 사람이 없으니 시들해지고 만다.

작은아들 종우가 지난 3월에는 내가 뇌출혈로 쓰러질 것을 빨리 응급실로 가게끔 조치를 취해 주어서 위기를 넘겼다. 그리고 또 이번에는 내가 전립선암을 무심히 키우고 있었을 게 뻔한데, 나에게 검사를 받아보라고 적극 권장하는 바람에 일찍 치료를 하게 되어 좋은 결과가 나오게 되었다. 종우가 나를 두 번이나 살려 준 셈이다. 하나님의 보우하심이고 은혜이다.

📝 12월 12일

요즘 여기저기에서 우리 집으로 먹을 것을 많이 보내준다. 너무나 고맙고 송구하기도 했다. 갑자기 성경 말씀 가운데 선지자 엘리야와 까마귀 이야기가 생각이 났다. 그래서 아내에게 선지자 엘리야와 까마귀에 대한 이야기를 들려주었다. 아내가 듣고 나더니 어떻게 그렇게 잘 아느냐고 칭찬을 한다. "우리에게도 많은 까마귀들이 있어서 맛있는 음식들을 보내 주어서 우리가 잘 먹고 있는 것 아니냐?"라고 했더니 아내도 그런 것 같다고 맞장구를 친다.

아내가 세브란스병원 2층 채혈실에서 채혈을 한 후에, 4층 종양
내과 주치의의 진료 결과 암수치는 안정적이고 복강에 전이된 것
도 없어 보인다고 한다. 막연한 불안감에 먹먹했던 내 가슴이 확
뚫리는 기분이다.

청계산 '석운가든'에서 해병대사관 45기 총회를 개최했다. 이날
내가 감사 보고를 했다. 어느 모임이든지간에 직책 중에 제일 쉬
운 직책이 감사인 것 같다.

　나는 해병대 장교 45기 동기회 회장(2011년~2013년) 3년과 산
우회 회장(2017년~2022년) 6년을 거쳐 지금은 감사를 맡고 있다.
아내는 작년에는 모임에 힘들게 참석했는데, 이번에는 거동이 불
편하여 참석하지 못했다.

　어제에 이어 오늘도 아내가 힘들어한다. 손 놓고 옆에서 지켜
만 봐야 하는 내가 원망스럽기까지 하다.

아내가 세브란스병원에서 인퓨저 후버바늘을 제거하고, 그 길로
바로 압구정동 심 신경과로 갔다.

　심 신경과 의원 원장이 아내를 손을 잡지 말고 혼자 걸어 보게

하고, 혼자 세워 놓고 어깨를 잡아당기거나 밀어 보더니 이제 7부 능선을 넘은 것 같다고 한다.

아내가 힘들어한다.

📋 12월 17일

오늘은 새문안교회 상록남선교회 총회의 날이다.

지금은 고인이 되신 정 장로님의 추천으로 2020년도에 내가 상록남선교회 총무직을 맡았고, 2021년도에는 감사직을 맡았다. 그리고 2022년도에는 제2부회장, 2023년도에도 제2부회장직을 맡았었다. 그리고 2024년 신년도에는 안수집사 출신이 회장직을 맡아야 되는 해라면서 나에게 회장직을 맡을 마음의 준비를 하라고들 말이 많았었다.

그런데 지난해 연말부터 아내의 췌장암 간병으로 도저히 중책을 감당할 수가 없을 것 같아 "미안하지만 사양한다."고 말씀드리고 양해를 구했다.

다들 이러한 나의 어려운 사정을 충분히 이해하고, 이번 총회에서 나에게 아무런 직분도 맡기지 않았다. 상록회에 신경을 쓰지 않고 편안하게 아내를 간병할 수 있게 해 주어서 얼마나 다행이었는지 모른다.

새문안교회 박 집사님이 추어탕 2인분을 들고 집 앞까지 와서 전해주고 갔다. 추어탕은 뼈와 내장을 통째로 삶아 내므로 단백질뿐만 아니라 칼슘과 무기질이 풍부하여 허약한 사람에게 건강식으로 아주 좋은 음식이다.

그리고 언제인지 날짜가 기억나지 않는데 김훈하 약사가 지은 '열방약국 유방암 상담소'와 '열방약국 말기암 통합요법 상담소'라고 하는 두 권의 책을 주고 갔다. 암에 대해 거의 무지한 상황이었는데 이 책들을 읽고 암에 대한 지식이 많아지기는 했지만, 김훈하 약사가 주장하는 것처럼 정확한 데이터를 가지고 음식이든 약이든 처방을 해야 하는데 공학도인 나로서는 도저히 따라 할 수가 없었다. 그냥 일반적인 방법에 따라 간병을 할 수 밖에 없었다.

오늘은 동짓날이다. 요양보호사 선생이 돼지등뼈찜 요리와 잡채 요리를 해주었다. 아내는 낙상 사고 후부터 주방에는 아예 얼씬도 하지 않는다. 서서 일을 할 수가 없으니 당연하다.

아내가 동짓날이면 팥죽도 쑤어 주고, 한겨울에는 감주(단술)도 만들어 주고, 수시로 잡채도 만들어 주고, 추석이나 설날에는 갈비찜도 아주 맛있게 잘 만들어 주었는데 이제는 옛날이야기가 되어버렸다.

압구정동 심 신경과 의원에서 진료를 받았다. 원장이 아내에게 손을 잡지 말고 혼자 걸어 보라고 하니까 혼자서도 잘 걸었다. 원장이 이제 8부 능선을 넘은 것 같다고, 많이 좋아졌다고 한다. 이제 잘 넘어지지 않겠다고 한다. 무척 반가운 소식이다.

크리스마스이브 날이다. 아내가 암 투병하며 맞은 성탄절 이브. 지난날을 생각하면 즐겁고 기뻤던 일이 많았던 이브 날. 두 아들의 머리맡에 산타 할아버지 선물을 대신 놔 주며 사랑스러운 눈으로 바라보았던 그 시절. 성탄곡이 울려 퍼지는 거리에서 팔짱끼고 걸어가며 캐롤송을 불렀던 그 시절. 행복했던 우리 부부. 그

요양보호사 최 선생과 함께

러나 이제는 늙고 병든 몸으로 신유의 주님을 찾는 이브 날을 맞는다.

사람이 늙고 병들고 천국 가는 것은 다 주님의 섭리임을 믿지만 우리 부부는 최선을 다해 병마와 맞서서 지내 온 일 년이 만만치 않은 세월이었다. 반짝이는 성탄 트리를 보며 우리는 겸허히 주님께 기도한다. 여호와 라파 치유의 하나님. 우리 부부에게 큰 담력과 인내와 주님의 섭리를 믿는 능력을 허락해 달라고 기도한다. 그리고 이 고통의 병마를 이길 힘을 달라고 기도한다.

아내가 몸이 아파서 밤에 잠을 잘 못 잤다고 한다. 무엇이 아내를 아프게 했을까?

물론 췌장암, 고관절로 아픈 것이 사실이다.

하지만 마음도 아팠을 거다.

생각하니 더욱 기도에 매달릴 수밖에 없었다.

다음과 같이 가족 단체 카톡방에 메세지를 보냈다.

"지난주 토요일 신경과에 갔을 때는 7부 능선까지 왔다고 하더니 어제는 8부 능선까지 왔다고 조금만 더 힘내라고 하더구나.

다들 더욱 열심히 기도해 주기 바란다."

카톡방에 보낸 내 메세지가 기분 좋은 울림을 주었다.

12월 25일

오늘도 아내에게 목욕을 시켜 주었다. 요양보호사와 즐겁게 환담을 하는 모습이 보기 좋았다. 아내의 컨디션이 아주 좋아 보인다.

해병대 동기 지 국장 초청으로 '경복궁 관훈점'에서 해병대 4인방(김 회장, 박 대령, 지 국장, 그리고 나)이 부부 동반하여 식사 모임을 가졌다. 경복궁 관훈점이 그냥 일반 식당인 줄 알았는데, 가서 보니 호텔 내에 있는 식당이었다.

오후에 새마을금고 이사장 박 장로 부인과 감정원 김 집사 부인이 멸치볶음과 과일, 사골국물을 사 가지고 우리 집으로 오셨다. 다들 우리 부부가 좋아하는 분들이다. 고맙기가 이루 말할 수 없었다. 해병대 동기들과 지인들의 변함없는 사랑에 나는 감격했다.

📆 12월 27일

자고 일어나 거실에 나왔더니 아내가 이른 아침부터 눈물을 찔끔거리고 있다.

"여보, 왜 그래?"

내가 아내에게 묻자

"지 국장이 맛있는 것 먹고도 왜 고맙다고 하지 않냐 하고 말하잖아."

하고 말한다. 난 잠시 멍해졌다.

"그래서 박 대령 부인이나 지 국장 부인이 나를 따돌린다, 전화도 하지 않는다."

고 하며 억울한 표정을 짓는다.

"내가 왜 하필 그런 대접을 받아야 되냐?"

고 하며 버럭 언성을 높인다. 그래서 아내에게

"내가 왜 인사를 하지 않았겠어. 고맙다고 인사를 다 했지."

라고 말하니 그제서야

"그랬었구나."

하며 안도하는 눈치이다. 아내의 감정이 매우 불안정함을 느꼈다.

해병대 동기 지 국장 부인이 모싯잎 송편을 택배로 부쳐 왔다.

작은아들 종우도 미국에서 돼지국밥을 쿠팡에 주문하여 우리 집으로 배달시켜 주었다. 한 개를 꺼내어서 끓여 먹었는데 맛이 아주 깔끔하고 구수하였다. 아내도 맛있다고 한다.

📋 12월 28일

아내와 함께 세브란스병원 재활병원 의사 진료실에 갔더니, 간호사가 진료하기 전에 6층에 가서 '인바디 검사'부터 받고 오라고 한다. 6층에 가서 인바디 검사를 받고 검사지를 의사에게 갖다주니, 스타킹을 하루에 몇 시간 정도 신느냐고 묻는다. 약 1시간 정도 신는다고 하니, 2시간 이상은 꼭 착용하라고 주의를 준다.

아내가 나를 원망한다든가 하는 감정 기복이 심하다. 그리고 한밤중에 자지 않고 일어나 앉아서 무언가 '지금 꼭 해야 한다.'

고 하면서 강박관념이 강하게 나타난다. 무언가 정리를 하기는 해야 하는데 무엇을 해야 하는지 생각이 잘 나지 않는다고 한다.

지금 생각해 보니 아내가 세상 떠날 날이 얼마 남지 않았다는 사실을 느끼고 있었던 것 같다. 그래서 무언가 정리를 하려고 했던 것인지 모른다.

내가 좀 더 도와줘서 힘이 들지 않게 해 주었더라면 얼마나 아내가 좋아했을까 후회가 막심하다.

📋 12월 30일

압구정동 심 신경과 의원 진료를 받았다. 의사가 아내의 어깨를 앞뒤로 밀어 보고는 아내가 넘어지지 않으려고 뒷걸음질을 잘하니까, 아내에게 "이제는 잘 넘어지지는 않겠다."고 한다.

가족 단체사진(2023년 12월)

큰아들 동현이 부부가 아귀찜, 고래사 어묵, 조개, 어묵, 야채 등을 구입하여 와서 작은아들 부부와 우리 식구 모두가 모처럼 다 함께 맛있게 먹었다.

저녁식사를 마치고 가족 단체 사진을 찍었다.

📅 12월 31일

아내의 혓바닥에 백태가 끼어서 고통스러워한다.

오후 3~4시가 되면 배가 출출해지는 시간이다. 이때 우리 부부는 따끈한 녹차와 군고구마를 구워서 함께 나누어 먹는다. 고구마는 '해피콜'이라고 하는 냄비에 물을 약간 부어서 약 20분 정도 구우면 맛있게 구워진다.

간식을 먹으면서, 아내와 이런저런 대화를 나누는 시간이 참 좋았다. 이렇게 아내가 운명하기 전날까지 거의 빠짐없이 녹차와 고구마 구워 먹기는 계속되었다.

2023년은 정말 힘든 한 해였다.

하지만 주님 은혜가 정말 넘치는 한 해였다.

나를 온전히 살려 주셔서 마누라 간병을 잘하라고…….

이제 희망찬 2024년을 맞이해야지.

주님께 간절히 기도한다.

4부 _____ 인왕산 길에서 부르신 주님 _____

지난 한 해는 우리 가정에 정말로 다사다난한 해였다. 아내의 암 투병, 낙상으로 인한 고관절 수술, 파킨스병치매와 연하장애, 그리고 나의 뇌출혈로 인한 뇌 수술, 전립선암 방사선치료 등으로 긴박한 한 해를 그나마 잘 이겨냈다.

이제 2024년 새해가 시작 되었다.

이 새해에는 우리 가정에 더 이상 고통과 아픔이 없기를 간절히 소망해 본다.

오후에는 아내에게 목욕을 시켜 주었다. 안방에 전기 히터를 켜 두고, 욕실 바닥은 타월을 모두 깔아 놓고, 욕실에 의자처럼 만들어 둔 턱에 앉으라고 하여 샤워기로 온몸을 깨끗하게 씻어 주었다. 샤워기도 처음부터 더운 물이 나오지 않으므로 미리 더운

물이 나오도록 물을 틀어 놓아야 했다. 이렇게 목욕을 한 후에 깨끗한 새 옷으로 갈아입히면 아내가 개운하다고 무척 좋아한다.

📋 1월 2일

압구정동 심 신경과 의원에서 아내의 치매 검사, 인지기능 검사 등을 실시하고 글루타치온 주사와 비타민 주사를 맞았다.

치매 검사를 하면서 소나무, 연필, 비행기를 말해 주고, 잠시 뒤에 다시 물어볼 테니 잘 기억해 두라고 한 후 다시 물어보면 대답을 하지 못한다.

그리고 오늘이 몇 월 며칠인지 날짜도 잘 기억하지 못한다.

매일 아침 아내가 먼저 잠자리에서 일어나 주로 돌소파에 앉아 있다.

나는 아침에 일어나서 식탁에 앉아 더운물부터 한 잔 마시면서, 아내에게

"오늘은 몇 월 며칠?, 내가 외우라고 한 것 세 가지는 무엇?"

하고 질문을 한다. 아내는 컨디션이 좋을 때는 자고 일어나서 미리 공부를 하는 건지 몰라도 날짜를 잘 기억하고 대답하는데, 그렇지 않을 때는 얼토당토않은 대답을 하곤 한다. 그리고

"외우라고 한 것 세 가지는 뭐지?"

하고 물어보면, 일단 씨익 웃으면서

"소나기."

라고 한다. 일부러 그러는 건지 마음이 정말 답답하다.

또 어떤 날은 소나무, 연필까지는 말을 하는데 비행기를 말하지 못하면 내가

"떴다~ 떴다~"

하면 아내가

"비행기."

라고 말을 한다. 아니면 내가

"붕~"

하면서 비행기가 날아가는 모습을 보이면

"비행기."

라고 말을 한다. 그러고는 또 한바탕 웃음판이 된다.

어떤 날은 연필이라는 단어가 생각나지 않으면 말로 하지 못하고 손으로 글자를 쓰는 시늉을 하면서

"이거, 이거."

라고 말한다.

아내가 이렇게 말하는 도중에 단어가 잘 생각나지 않거나 가끔 헛소리를 하거나 또는 환각 증세를 보이기는 하지만, 심각하게 사람을 몰라보거나 하지는 않아서 생활하는 데는 크게 불편을 느끼지 못하고 있다.

나는 아내가 치매 환자라는 사실을 가끔 잊어버리고 아내의 치매로 인한 실수를 이해하지 못하여 나무랄 때도 있었다. 지금 생각

해 보니 정말 아내에게 미안하기 그지없다.

치매

'치매'는 신경세포가 오랜 세월에 거쳐 손상이 반복된 결과로 증상이 나타나는 대표적인 만성 퇴행성 뇌질환이다. 즉, 어느 날 갑자기 나타나는 질환이 아니며 증상이 발현되기까지 적어도 15~20년 전부터 뇌 조직에 병리적 변화가 시작되는 잠복기가 매우 긴 퇴행성 신경질환인 것이다.

치매는 생활병이다. 소소한 생활 습관들이 뇌세포와 뇌혈관을 살리기도 하고 빨리 죽게도 만든다.

이은아 박사의 **'치매를 부탁해'**라는 저서에서 치매에 걸리기 쉬운 사람과 치매에 잘 걸리는 사람의 특징을 다음과 같이 말하고 있다.

. . . .

치매에 걸리기 쉬운 사람

① 잘 넘어지는 사람

② 법을 잘 안 지키는 사람

③ 화를 잘 내는 사람

④ '먹을 수 없는 것'을 먹으려고 하는 사람

⑤ 새로운 것을 학습하기 싫어하는 사람

치매에 잘 걸리는 사람의 특징

① 귓불에 주름이 있는 사람

② 머리 크기가 작은 사람

③ 팔 길이가 짧은 사람

위의 치매에 잘 걸리는 사람의 특징 세 가지에 내가 모두 다 해당이 된다. 100%라는 것은 없으니 나는 치매에 걸릴 확률이 아마도 99.9%는 될 것 같다. 그러니 치매에 걸리지 않는 0.1%에 들어가기 위해서 조심을 많이 해야 되겠다.

📋 1월 4일

아침부터 아내가 눈물을 보인다. 왜 그러느냐고 물어보았더니, 어제 상황버섯 물을 놔두고 생수를 마셨다고 내가 나무라면서 눈을 똑바로 바라보았다고,

"눈이 무섭다, 살고 싶지 않다."

라고 푸념을 한다. 사실 아내가 가급적이면 생수보다 상황버섯 달인 물을 먹도록 하려고 일부러 조금 위협적인 행동을 보였었는데 이게 지나쳤던 모양이다.

아내에게 내가 잘못했다고 사과를 했다. 아침식사를 마치고 세브란스병원에 가서 제23차 항암주사를 맞았다.

집에서 조그마한 전기 매트를 가지고 가서 침대 위에 깔아 주

237

면 항암주사를 맞는 동안 따뜻해서 좋다고 한다.

그래서 그런지 오늘은 아내가 컨디션이 양호하고 날짜도 잘 기억한다.

집에 오니 해병대 동기인 박 대령의 며느리가 제주 감귤 한 박스를 택배로 부쳐 왔다. 알고 있는 지인들이 이렇게 정성을 다 하여 우리를 생각해 주니 미안하기도 하고 위로가 되어 마음이 기뻤다.

📋 1월 5일

백태

아내가 아침부터 또 울기 시작한다.

내가 아내에게 화장실에 가려면 빨리 가라고 했다고 그런다. 그리고 또

"내가 추석 무렵에 집에 왔을 때, 금방 죽는 줄 알았는데 아직 살아 있다.

살고 싶은 마음이 없다. 말을 안 해서 그렇지 내가 안 아픈 곳이 없다."

라면서 푸념을 한다.

그래서 내가

"어디가 또 아픈데?"

라고 했더니

"입안이 갈라지고 있다."

라고 말한다.

입안을 들여다보니 혓바닥이 두 세 가닥으로 갈라져 있다. 그래서 왜 이렇게 되었느냐고 물어보았다. 혓바닥에 백태가 끼어서 칫솔로 문질러 닦았더니 이렇게 되었다고 한다. 아내에게 왜 그렇게 했느냐고 나무라면서도 아내가 너무나 불쌍하고 안타깝게 느껴졌다.

저녁식사 후에 아내가 온몸을 비틀며 무척이나 고통스러워한다.

아내가 차고 있는 인퓨저를 확인해 보니 항암주사액이 거의 줄지 않고 있다. 케모포트에 붙인 반창고가 떨어져 주사액이 제대로 들어가지 않고 있는 것이다. 시간이 너무 늦어서 내일 아침 일찍 세브란스병원에 가서 후버바늘을 바로잡기로 했다.

📋 **1월 6일**

아내와 함께 세브란스병원에 가서 후버바늘 주변에 있는 반창고를 다시 붙이고 집에 돌아왔다. 간호사가 후버바늘 가까이에 센서가 있는데 반창고가 바로 붙어 있지 않으면 센서가 작동을 하지 않아서 항암주사액이 들어가지 않는다고 한다.

📋 **1월 8일**

아내를 휠체어에 앉혀 세브란스병원에 가서 후버바늘을 제거했다. 인퓨저가 정상적으로 작동하였다면 지난 토요일 점심 무렵에 후버바늘을 제거하고 왔을 것인데, 항암제 약물이 제대로 들어가지 않아서 인퓨저를 넣는 가방을 차고 다니기가 몹시 불편했다.

아내가 혓바닥 갈라짐으로 무척 고통스러워한다.

🗒 1월 9일

오후에 아내가 식탁에 앉아서 또 눈물을 보인다. 그러면서 난데없이

"다른 사람 본받지 말아요."

라고 한다.

"그게 무슨 말이냐?"

하고 말했더니, 얼마 전에 퇴직한 여주대학교 교수 몇 사람과 식사를 하였을 때, 어느 교수가 수년 전에 상처를 하고 시집 간 딸과 함께 살면서 연애를 하는데 아주 멋있게 잘 살고 있더라고 했다는 것이다.

그러면서 또 나에게

"장가갈 수 있겠어요?"

라고 묻는다. 내가

"어느 누가 나 같은 사람하고 결혼하려고 할 거냐?"

하고 대답하니까 아내도 나에게 더 이상 아무 말이 없었다.

그런 뒤 얼마 후

"여주대학교 어느 교수처럼 연애는 해도 되지만, 결혼은 하지 마세요."

라고 아내가 말한다.

아내가 나를 진정으로 사랑하는 마음이 느껴진다. 아내가 죽은 후에 나 혼자 홀아비로 늙어 가는 모습이 너무 안타까운 모양이다. 결혼은 반대하지만 연애는 해도 된다고 한다. 너무나 기가 막히는 말이다.

이런 말을 하는 아내의 심정은 어떠했을까?

아내의 마음은 이미 다 녹아 없어져 버린 것일까?

사랑하는 남편을 남의 사람으로 보내 주겠다는 말인데, 참으로 이런 말을 하는 아내가 야속하기 짝이 없었다. 간병 일기를 여러 차례나 교정을 보면서 이 부분을 지나칠 때마다 눈물이 앞을 가린다.

저녁에는 물 반 모금도 잘 넘기지 못하고 머리를 이리저리로 흔들면서 신음 소리를 내는데, 내가 불안해서 쳐다보면 아픈 곳은 없다고 한다. 특별하게 어느 한 곳이 아픈 것은 아니지만 온몸이 불편한 것 같다.

📝 1월 10일

아내가 혓바닥이 아파서 음식 먹기를 힘들어한다. 요양보호사 최 선생이 전복죽을 끓여 주어도 먹지를 못하고 사과, 양배추, 귤, 레

241

몬, 오이, 당근 등을 넣고 주스를 만들어 주어도 삼키기가 힘이 든다고 한다.

간식으로 녹차와 군고구마를 먹고 나서, 너무 고통스러워한다. 이렇게 심하게 괴로워하는 것은 처음이다. 내 마음이 오그라지듯 아팠다.

아내를 휠체어에 태워 '서대문 연세이비인후과'에 가서 주사를 맞고 약 처방을 받아 왔다.

이비인후과에 다녀와서도 밤이 되니 목과 어깨를 흔들면서 계속하여 괴로워한다. 진통제 약효가 떨어져서 그런 것 같다.

📋 1월 11일

새벽 1시에 내 방문을 두드린다. 아내가 내 방문을 두드리는 경우는 거의 없었는데 깜짝 놀라서 나와 봤더니, 약을 먹어야 된다고 한다. 통증이 매우 심하다고 하여 타이레놀 진통제 한 알을 주었다.

아내에게 아침식사로 현미 누룽지를 끓여 주고, 점심은 단호박 죽을 데워 주고, 간식으로 녹차와 고구마를 구워 함께 나누어 먹고, 저녁은 단호박 죽과 도가니탕을 데워 주었다.

현미 누룽지도 먹게 했다. 현미 누룽지는 씹기 힘든 단단한 음식보다는 부드럽고 삼키기도 쉬우면서 면역력 증진에도 좋다고 한다. 또한 체내의 유해 성분을 해독해 주며 소화 불량과 같은 위장 문제를 크게 개선해 준다고 한다.

밤에 숨 쉬기가 불편해 보였다. 저녁식사 후에 먹은 약효가 떨어진 탓인지 또 괴로워한다.

오늘은 단호박 죽과 도가니탕을 데워서 주었다. 오후에는

"동현이가 왜 방에 없느냐?"

면서 우리 집에 함께 살지도 않는 아들을 찾는다. 헛소리를 한 것이다.

지난밤에 기침을 몇 차례나 하여서 생강과 파 뿌리를 넣어 끓인 물을 주었다.

저녁식사 후에 입안 통증은 없다고 하는데, 목과 어깨를 비비 꼬면서 몹시 괴로워한다.

아내가 새벽 2시 30분인데 식탁에 앉아서 고통스러워하고 있다. 진통제 한 알을 주었더니 약 30분 뒤에 잠이 들었다.

새벽 5시경에 아내가 다시 통증을 호소한다. 오전 7시경에 아내가 음식물 삼키기가 힘이 든다고 해서 도가니탕에 밥을 넣고 끓여 주었다. 오전 9시경에 아내가 항문이 아프다고 좀 봐 달라고 해서 보았더니 치질 비슷하게 항문 밖으로 무언가 볼록하게 나와 있었다. 항문 주위를 소독하고 치질 연고를 항문에 조금 넣어 주

었다. 항문 치료 후에 다리 마사지를 해 주었다.

항문 치료를 3~4일 동안 매일 했더니 치질 증상이 깨끗하게 사라졌다. 돌팔이 의사(?)인 내가 치질 연고가 마침 우리 집 약통에 있는 것을 한번 사용해 보았는데, 다행히 치료가 잘되어 깨끗하게 나았으니 얼마나 다행인지 모르겠다.

오전 11시 30분경에 아내에게 도가니탕에 밥을 넣고 끓여 주었다.

오후 1시경부터 3시 30분까지 낮잠을 자고,

오후 4시경 녹차와 고구마로 간식을 먹고,

오후 6시경에 저녁식사로 도가니탕에 밥을 넣고 끓여 주었다.

오후 7시 30분경에 잠자리에 들어갔으나 통증으로 잠을 이루지 못한다.

오후 9시경에 타이레놀 진통제 한 알을 먹고 잠들었다.

오후 11시경에 화장실을 다녀왔다.

📋 1월 15일

아내가 새벽 3시경에 통증을 호소하여 타이레놀 진통제 한 알을 주었더니 진통제 복용 후 약 10~20분 뒤에 다시 통증을 호소한다.

3시 30분경에 화장실을 다녀와서 4시경에 잠이 들었다.

오전 7시 30분경에 아침식사로 아내에게 도가니탕에 밥을 넣고 끓여 주었다.

오전에 핸드폰을 보며 잠시 휴식하는 아내

오전 11시 30분경에 점심식사로 닭죽을 끓여 주었다.

아내의 통증이 너무 심하여 오후 2시경에 세브란스 응급실로 갔으나 전공의의 파업으로 응급실 의사가 부족하다고 해서 접수조차 하지 못했다.

하는 수 없이 동네 '서대문 연세 이비인후과'에 가서 비타민 영양제 주사를 한 대 맞고 집에 돌아왔다.

오후 9시경에 아내에게 타이레놀 한 알을 주었다.

🗓 1월 16일

아내가 아침 7시에 천일염으로 만든 식염수로 입안에 가글을 하

245

고, 7시 30분경에 도가니탕에 밥을 넣어 끓여 주니 잘 먹었다.

아침식사를 하고 나서 나에게

"왜 이런 남편을 만났을까?"

라고 한다. 나는 아내에게 아무런 할 말이 없었다.

또 어떻게 심기가 불편하여 이런 말을 하는지 알 수가 없다. 아내가 정신이 맑지 않은 상태인데, 그게 무슨 말이냐고 따져 물어보지도 못하고 나도 답답하기가 그지없다. 지난 일주일 동안 치매 증세가 심하게 나타났다.

오후 6시경에 세브란스병원에서 처방해 준 암에 관한 약과 이비인후과에서 처방해 준 진통제 등을 주었다.

그리고 나서 통증이 심하면 그때 마다 약을 복용하는데, 오늘은 오후 9시경에 진통제 타이레놀 한 알을 주었다.

오늘은 아내의 컨디션이 좋은 편이다.

돌소파에 앉아서 핸드폰으로 문자도 보내고 친구들에게 전화도 한다.

오후 10시경에 생강과 파 뿌리를 달인 물을 아내에게 주었다.

동래 정씨 운계공파

요즘은 족보를 별로 따지지 않는 시대이다. 그러나 뿌리는 알고 있어야 된다. 그래서 아이들에게 우리는 동래 정씨이고, 운계공파라고 가르친다.

가족 모임(작은아들 부부는 미국에 있어서 불참)

우리 집안은 손이 매우 귀한 집안이다. 할아버지가 삼 형제인데 그 위로 7대가 외동으로 이어져 왔다. 그러니까 21세世 할아버지(장남)와 외동으로 내려온 7대와 우리 할아버지, 아버지까지 합하면 내가 11대 종손이 되는 셈이다.

내가 '고령' 친척 집에 가면 마당에서 발가벗고 기어 다니는 어린아이가 증조 할아버지뻘이 된다고 한다. 그리고 밀양이나 일본 오사카에 사시던 작은할아버지 두 분도 후손이 별로 많지 않다. 또 삼촌도 미국에 이민하여 로스앤젤레스에서 거주하고 있는데 아들이 둘이다. 큰아들은 미국 해병대 장교로 은퇴 한 후에 아마존Amazon 전략팀 매니저로 일하고 있으며, 작은아들은 샌프란시스코 구글Google 본사에서 십여년 간 근무하다가 지금은 미국 실리콘 밸리 AI Robotics 부사장으로 활동하고 있다고 한다.

만남

아내와의 첫 만남은 1974년 10월 9일 한글날이라 잊어지지 않는다. 내가 대성공업고등학교 교사 시절에 직원의 소개로 아내와 대구시 중심가에 있는 황금다방에서 처음 맞선을 보았다. 차를 마시고 대구역 바로 길 건너편에 있던 국제호텔에서 점심식사를 하고, 아내에게 경주 석굴암을 구경하러 가자고 하니 아내도 좋다고 했다. 우리는 석굴암을 구경하며 데이트에 몰입하다 보니

결혼식(1976년 2월 15일, 고려예식장)

시간이 너무 가 버려 이미 늦은 밤이 되었다. 점심식사를 하고 출발하였으니까 도착 시간이 늦을 수밖에 없었다.

그 일로 아내가 언니들과 부모님으로부터 꾸중을 들었다고 한다. 처음 만난 사람과 너무 오랫동안 함께 있다 왔다는 이유 때문이다.

그후 아내와의 밀당은 1976년 2월 15일 대구 '고려예식장'에서 결혼식을 할 때까지 이어졌다.

아내는 기분이 좋으면 이런저런 말을 많이 한다. 그러나 핵심적인 중요한 것은 항상 감추고 말을 하지 않는다.

내가 궁예처럼 독심술이라도 가졌더라면 아내를 더욱 잘 이해하고 더욱더 사랑할 수 있었을까?

1976년 11월 22일에 대구 대봉동에서 큰아들 동현이를 낳았고,

1978년 3월 부산과학기술대학교(당시 성지공업전문대학) 전기과 교수로 부임하면서 부산으로 이사 가서

1979년 12월 30일에 부산 대연동에서 작은아들 종우를 낳았다.

아내의 말에 의하면 내 나이가 이때 33살, 아내 나이가 29살이니 한창 젊은 시절인데 남편은 대학 교수이고 아들도 둘씩이나 쑥쑥 낳고 해서 동네 아주머니들로부터 '무슨 복을 타고 났느냐?'면서 아주 부러움의 대상이 되었다고 한다.

그 당시에는 남아 선호 사상이 클 때이니까 그랬겠지만 요즘은 딸 둘에 아들 하나면 금메달, 딸만 둘이면 은메달, 딸 하나 아

들 하나면 동메달, 아들 둘이면 목메달이라고 한다. 세상이 정말 많이 달라졌다.

고난의 기간

그런데 1979년 12월 12일 군부의 실세였던 전두환과 노태우 등이 중심이 되어 일으킨 군사 반란 사건 12.12 쿠데타가 성공하자, 전두환 군부 세력은 혼란한 사회적인 분위기를 바로잡기 위하여 모든 기관의 실권을 각 기관장에게 일임한다고 했다. 그 당시 사회는 정말 혼란스러웠다. 우리 대학 내에서도 일부 부정한 보직 교수들과 이를 바로잡으려는 교수들 사이에 알력이 팽팽하였는데, 전두환 군부세력이 모든 기관장에게 전권을 위임함으로써 힘의 균형이 무너지고 실권이 학교 당국에 주어지게 되었다.

그러자 학교 당국은 전체 교수들에게 일괄 사표를 제출하게 하고서는 나와 다른 한 교수를 선별하여 사표를 수리했다. 이리하여 나는 1980년 1학기를 끝으로 학교를 그만두게 되었고, 우리는 서울로 이사를 하였다. 이때부터 우리 부부는 12년 동안 고난의 세월을 보내게 되었다.

훗날 아내는 이 시기를 인생에서 지워 버릴 수 있다면 싹 지워 버리고 싶다고 했다. 아내는 이 12년에 대한 이야기를 다른 사람에게 절대로 말하지 못하게 한다. 한창 인생의 참맛을 즐겨야 할 꽃다운 나이에 뜻하지 않은 고난의 길을 걸어야 했던 정말 힘든 시기였었다.

그러나 인생을 살면서 겪게 되는 갖가지 실패와 좌절은 알고 보면 실패를 가장한 운명의 축복인지도 모른다. 즉 운명은 사람들에 대한 애정을 실패의 형태로 선물하는 걸지도 모른다는 것이다.

사실 이 기간은 나에게는 이스라엘 백성이 40년 동안의 출애굽과 같은 '고난의 기간'이라고 말할 수 있다.

이스라엘 백성들에게 주님이 40년이라고 하는 긴 기간을 통하여 가나안 땅의 가치와 하나님의 은혜의 필요성을 깊이 깨닫기를 원하셨던 것과 같이, 나에게도 이 12년이라고 하는 긴 기간을 통하여 나를 낮추는 법을 알게 하시고 나의 교만을 제거해 주시었다는 것을 고백하지 않을 수 없다.

만약 12년이라고 하는 '고난의 기간' 없이 대학에서 그대로 교수 생활을 하면서 지난날 내가 살아온 방식 그대로 살아왔다면, 나는 오래전에 이미 저세상 사람이 되었을지도 모르겠다.

사실 나는 술을 무척 좋아했고 많이 마셨다. 그래서 그냥 그렇게 대학교수로 생활을 계속했다면 내 몸이 술을 이기지 못했을 것은 분명한 사실이다.

이 고난의 12년을 통하여 나와 아내는 진정한 가난을 맛보았고, 가난한 사람의 심정을 이해하게 되었으며, 세상의 이치도 많이 알게 되었다고 말할 수 있다.

그래서 이런 일을 겪게 되었을까?

그 당시 그렇게 어려운 고난기간 임에도 불구하고, 아내가 나도 모르게 모 교회 한 집사라고 하는 여자에게 4천만 원이라고 하는 거금을 빌려주었다가 한 푼도 받지 못하고 다 날려 버린 일이 있었다. 물론 처음에는 이자라고 하면서 조금씩 잘 받아 썼겠지만.

어려운 시기에 우리가 그렇게 큰돈을 갖고 있었던 것도 아니고, 처음에 얼마를 빌려주면 높은 이자를 계산해 주니까 나중에는 마이너스 카드까지 긁어서 빌려주었던 것이다.

내가 "왜 그랬냐?"고 하면, "당신이 돈을 잘 못 벌어서, 이자를 받아 한 푼이라도 살림에 보태려고 그랬다."고 한다.

그리고 어떤 때는 나에게 "왜 돈을 나한테 다 맡겨 놓고 한 번도 확인해 보지 않느냐? 확인을 했다면 내가 그렇게 돈을 빌려주지 못했을 것 아니냐?"라고 한다. 정말 어이가 없다.

지금부터 약 30년 전 그때 당시에는 4천만 원이면 잠실 아파트도 전세를 끼고 살 수 있었다고 한다.

아내의 상심이 너무 커서 마음의 병이라도 생길까 봐 나는 아내에게 '없던 일로 하자'고 하여, 이 일은 잊어버리기로 했다.

그런 아내가 내가 가끔 국민은행 카드로 우리은행 ATM기에서 현금을 인출할 때 1500원 정도의 수수료가 붙는 걸 가지고 뭐라고 한다. 처음에는 몇 번 나에게 주의를 주다가 나중에는 이 일로 인해서 대판 싸움까지 하기도 했다. 국민은행 ATM기 까지 갈 시간이 없거나 거리가 먼 경우에는, 가까운 우리은행 ATM기를 이용할 수도 있는 것인데 이해를 하지 못한다. 무조건 '헛돈을 왜 버리느냐?'고만 한다.

나는 아내의 이러한 '작은 것에 세심하고 큰 것에 대범한 성격'이 이해가 되지 않았다.

나중에 이 사실을 알게 된 작은아들은 그 당시에 우리를 학원도 제대로 보내지 않고, 도서관에 가려고 해도 돈 없다고 보내지 않으면서 그렇게 남에게 돈을 떼였다니 기가 막힌다고 했다.

이 고난의 12년 동안 나는 서울, 인천, 대구를 오가며 이 대학 저 대학에서 강의를 하였다. 1985년에는 중앙대학교 대학원 전기공학과에서 공학 박사 학위를 취득했다.

박사 학위를 받았지만 취직을 하지 못하니, 박사 학위증이 단지 한 장의 종잇조각에 불과한 것이었다.

내가 박사 학위를 받은 그 무렵은 미국도 경제 상황이 좋지 않아, 해외에서도 박사 학위를 가진 인재들이 국내로 물밀듯이 몰려들었던 시기였다. 내가 4년제 대학교에 이력서를 제출하면 최종 면접까지 올라가서 결국에는 2등으로 밀려나곤 했다. 물론 실력의 차이도 있었겠지만 그 외의 영향도 어느 정도 있었다고 생각한다.

나는 어쩔 수 없이 대학에서 시간 강사로 강의를 하는 수밖에 없었다. 학기 중에는 그나마 돈이 몇 푼 들어오지만 방학 중에는 수입이 전혀 없었다. 그래서 책을 쓰기 시작했다.

처음 출판한 책이 도서출판 '동완사'에서 출판한 '전기설비설계'이다. 이렇게 출판을 하기 시작하여 '형설출판사'와 인연을 맺게 되어 여기서도 '교류회로이론'을 비롯하여 여러 권의 책을 출판했고, 도서출판 '청문각'과 또 인연이 되어 '전기설비설계 과년도 문제집'을 출판하여 상당히 많은 부수를 발행하기도 했다. 그후에 도서출판 '북스힐'과는 지금까지 수십 년간 인연을 이어오고 있다.

그 당시에는 전기과가 상당히 인기가 좋았다.

지금은 전국 4년제 대학교와 2년제 전문대학에 재학 중인 전기공학과 학생 수가 한 학년에 500명도 되지 않지만, 그 무렵에는 전기공학과 학생 수가 각각 2만 명이 넘었다고 기억이 된다. 그래서 책도 많이 팔리던 시기였다. 이 학생들이 우리나라 공업입국의 역군이 되어 오늘날 대한민국의 부를 이루어 왔다고 생각이 된다.

그리고 나는 이 모든 어려움을 극복하고, 끊임없는 도전과 자기계발을 통하여 오늘까지 오게 되었다.

여주대학교 교수

1993년도에 지금의 여주대학교가 여주공업전문대학으로 설립할 때부터 전기과 교수로 부임하여 만19년 만에 2012년 2월에 정년 퇴임했다.

여주대학이 개교할 당시에는 내가 학과장을 맡아서 이것저것 할 일이 정말 많았다. 그래서 월요일 아침에 출근하여 금요일 오후에 집으로 돌아오는 주말 부부가 되었다.

대학이 어느 정도 안정된 후에는 월요일 아침에 출근하여 화요일 오후에 퇴근하고, 수요일은 하루를 집에서 쉬고, 목요일 오전에 출근하여 금요일 오후에 퇴근했다. 그리고 토요일과 일요일은 가족과 함께 보내기도 하고 또는 사회와 교회의 일들을 할 수가 있었다.

아내를 잘 알고 지내는 교회 친구 중에는 내가 학교에서 자고 집에 잘 들어가지 않으니까 남편 시중을 들지 않아 좋겠다고 이 것 또한 부러워하는 분들이 있었다고 한다.

여주대학교 재직기간 중에도 나의 집필 활동은 계속되었고 '전기응용', '회로 이론', '조명 원리와 응용' 등 여러 가지 저서를 출간했다.

노숙자 봉사

우리 새문안교회에서 노숙자들에게 2004년부터 아침식사를 제공했다. 내가 노숙자 봉사팀에 참여한 것은 2006년부터 였다. 그 당시 사회부 부장은 지금은 고인 되신 변호사 강 장로님이시고 차장으로 마찬가지로 고인이 되신 안 집사님, 그리고 나와 김 집사와 부원

30여 명으로 구성되었다.

이때 내가 노숙자 팀장이 되어 노숙자 봉사를 했는데 교회가 새 성전을 건축하기 위해 본당을 허물 때(2014년)까지 봉사를 계속했다.

주일날 아침 6시부터 8시까지 본당 지하실에서 노숙자들에게 아침식사를 제공하는데 보통 250명에서 300명이 식사를 한다. 크리스마스와 같이 특별한 날에는 400명도 넘는다. 이분들에게 식판에 밥과 국, 반찬을 담아서 자리에 갖다드리는 일을 했다. 이분들이 식사를 끝내고 나면 테이블과 바닥 청소를 깨끗이 한 다음, 우리 봉사부원들 20여 명이 식사를 한다. 내가 노숙자 봉사를 하러 처음 지하실에 들어갔을 때 냄새가 얼마나 고약한지 숨 쉬기조차 힘들 정도였다.

노숙자 봉사팀 야유회(화학산)

머리를 몇 년 동안 한 번도 깎지 않아 아주 터부룩한 사람도 있고, 옷을 넝마로 입고 오는 사람도 있고, 한 달 내내 목욕 한 번 하지 않는 사람도 있었다.

정말로 열악한 환경과 힘든 봉사 활동이었다. 이때 같이 봉사 활동을 한 맴버들이 서로 힘든 역경을 함께하다보니 동지애가 두 터워져서, 2014년 이후로 노숙자 봉사를 하지 않음에도 불구하고 옛정이 그리워 박 집사와 이 집사가 앞장서 가끔 한 번씩 모여서 식사를 함께 한다. 물론 옛이야기에 시간 가는줄 모른다.

이때 내가 노숙자 봉사 팀장을 맡았지만 노숙자들을 위해 뒤에서 묵묵히 봉사하는 많은 분들이 있었기에 큰 문제 없이 주어진 소임을 잘 마무리할 수 있었던 것 같다. 가장 열정적으로 봉사했던 홍익대학교 교수로 퇴임하신 박 집사, 말없이 노숙자 봉사팀을 후원해 주시는 추계예술대학 교수로 정년 퇴임하신 심 집사님, 가평 별장을 개방하여 우리 노숙자팀 부원들의 몸과 마음을 휴식할 수 있게 해 주었던 김 집사, 그리고 롯데월드타워 신축공사 배관 총책임자로 일한 김 집사 등등 숨은 일꾼들이 떠오르곤 한다.

새문안교회 천장 조명등 공사

2009년도 여름에 새문안교회 사회부 부장인 윤 장로님이 김 집사와 나에게 교회 본당 내부의 조명이 너무 어두워서 좀 밝게 할 수 없겠느냐고 문의를 하였다. 나와 김 집사가 의논을 하여 천장 등을 교체하기로 했다. 먼저 기존에 있던 등은 천장 속에 들어가 있어서 빛의 손실이 많았던 것을 알게 되었다. 그래서 일단 새로 설치하는 등은 천장 밖으로 설치하기로 하고, 투광기용 메탈할라 이드 등으로 하는데 메탈할라이드 등은 백색 빛이 강하여 싸늘한 느낌을 주고 다소 눈부심을 일으킨다. 그래서 연색성을 개선하기 위해 황색 빛이 많이 나오는 고압나트륨 등을 중간에 섞어서 빛 을 개선하도록 설계를 하여, 김 집사와 함께 청계천 조명상가에 가서 메탈할라이드 등과 고압나트륨 등을 주문하여 교회로 배송 해 달라고 했다.

조명 공사용 물품을 모두 인수한 후에 김 집사와 교회 사찰 양 집사에게 등을 교체하는 방법을 가르쳐 주고, 함께 본당 천장 속 으로 들어가서 교체하기로 했다. 윤 장로님이 바닥에서 새 등을 로프에 매달아 주면 우리는 천장 속에서 잡아당겨서 헌 등을 새 등으로 교체하여 전선을 접속했다. 이렇게 모두 교체하고 불을 점등하였더니 빛의 밝기와 색상이 적당하게 조절이 잘되었다.

교체 작업이 끝나고 조도계로 조도를 측정했더니 새 등으로 교체 공사를 하기 이전에는 평균적으로 약 80럭스lux 정도밖에 되지 않았는데, 교체 공사를 하고 난 이후의 조도는 평균적으로 약 240럭스lux로 밝기가 거의 3배가 되었다. 그리고 전력 소모량 은 공사하기 이전보다 52% 감소했다.

한 가지 놀라운 것은 그때 당시 본당에 전기불을 모두 켜고 나면 겨울철에 변압기에 과부하가 걸려서 전력량이 부족하여 보일러 작동을 제대로 할 수 없었다고 한다. 그런데 본당 전기 소모량을 절반으로 줄이고 난 후부터 변압기 과부하가 해소되어 보일러 전력량이 부족하던 것이 해결되었다.

📅 **1월 17일**

오전 6시 30분에 아내에게 아침식사로 양배추와 두부와 브로콜리와 함께 도가니탕과 밥을 챙겨 주었다. 점심식사로는 소고기와 야채를 넣어 끓인 죽을 주었다. 간식으로 민들레 잎차와 군고구마를 먹었다.

내가 잠시 화장실 청소를 하고 거실에 나와 보니, 아내가 조금 전까지 돌소파에 앉아 있었는데 잠깐 사이에 식탁에 가서 앉아 있다. 아내가 돌소파에서 식탁까지 약 5 m를 혼자 걸어간 것이다. 본인이 혼자 걷는 것이 위험하다는 것을 모르고 걸어 간 것인지, 아니면 제정신으로 걸어 간 것인지 알 수가 없다.

제정신으로 걸어갔다면 좋은 현상이긴 하나 위험한 일이고, 치매 증세로 제정신이 아닌 상태로 혼자 걷는 것이 위험하다는 것을 모르고 걸어갔다면 이 또한 위험한 일이 아닐 수 없다.

그래서 아내에게 앞으로는 넘어질 위험이 있으니 워커를 반드시 잡고 걸어 다녀야 된다고 주의를 주었다.

식탁에 앉아서

"종우가 차 운전해야 하는데 언제 오느냐?"

그리고 나를 앞에다 두고서도

"정타관은 어디 갔느냐?"

하고 또 헛소리를 하고 있다.

그러고 나서는 나를 보고 빙긋이 웃기도 한다.

말을 하면 멀쩡하게 잘하는데, 가끔 이런 헛소리를 하고 있다. 그래서 나도 아내가 치매 환자라는 것을 잊어버리고 함부로 대하는 경우가 종종 벌어진다.

2~3일 전부터 덥다고 옷도 많이 입지 않으려 하고, 이불도 덮지 않고 잠을 자려고 한다. 이러한 모든 행동들이 치매 증세로 그러는 건지 알 수가 없다.

📝 1월 18일

새벽 0시(자정)에 거실에서 소리가 들려서 나가 보니 아내가 속옷에 용변을 보고 혼자 어찌할 바를 모른다. 급히 아내를 화장실로 데리고 가서 겨우 치우고 나니까 기침을 한다.

새벽 1시에 기침 감기약을 복용하게 하고 방에 들어가서 잠을 자려고 하는 데, 새벽 2시경에 또다시 소리가 나서 거실에 나와 봤더니 아내가 일어나 화장을 하고 있다. 아내에게 그만 잠을 자라고 하고 나도 방에 들어가서 잠을 잤다.

아침 6시 30분경에 다시 소리가 나서 거실에 나와 봤더니 아내가 또 속옷에 용변을 보았다. 아내를 화장실로 데리고 가서 깨끗하게 씻겨 주었다.

오전 7시경에 아내에게 소고기 야채 죽을 차려 주어 아침식사를 하게 했다.

오후 5시경에 또 속옷에 용변을 보았다. 아내는 오늘 하루 세 차례나 속옷에 용변을 보았다. 아내는 몸에 열이 나서 덥다고 하며, 힘든 시간을 보내고 있었다. 너무나 고통스러운 아내의 모습에 내 속은 말이 아니다. 얼마 전부터 서서히 나빠지는 일상적인 일들이 심상치 않음을 느꼈다. 앞으로 어떻게 할 것인가? 허무함으로 내 마음이 다 떨린다.

📝 1월 19일

새벽 2시 30분쯤, 거실에서 소리가 들려서 나와 봤더니 아내가 속옷에 소변을 보고서 혼자 치우려고 애를 쓰고 있다. 내가 아내의 침대에 깔았던 패드를 걷어 내고 깨끗한 패드로 다시 깔아 주었다. 그리고 아내를 씻겨 주고 깨끗한 옷으로 갈아입혔다.

오전 7시 30분경에 아내에게 아침식사로 돼지국밥을 끓여 주었다. 구수하고 맛있다고 한다. 식사 후에 기존에 먹던 약 외에 진통제 한 알을 더 주었다.

오후 9시경에 진통제 타이레놀 2알을 주었다. 아내의 컨디션

261

은 양호해 보이는데, 소변과 대변에 감각이 없는 듯하다.

아내의 증세가 섬망譫妄인듯하다.

📑 1월 20일

아내가 오늘 새벽 2시부터 3시 40분까지 나에게 원망과 함께 발악을 하며, 특이한 행동을 보인다.

약 보름 전부터 특히 야간에 깔고 자는 패드를 뒤집어 엎어 버리기도 하고, 다 밀쳐 내기도 하며 심한 발작 증세를 보이고 있다. 겨우 안정시켜서 자고 아침에 일어나 보면, 침대 한쪽 끝에 이불과 패드가 밀려나 있다. 그만큼 아내의 통증이 심했다는 증거인데 나로서는 어떻게 해야할지 도무지 모르겠다. 그저 막막할 뿐이다. 아내의 이 고통을 어찌하리.

📑 1월 21일

오늘은 아내의 발작이 오후 8시 30분경부터 시작되었다.

"새파란 여자가 어디에 있느냐?"

그리고 나를 보고

"성형 수술 했느냐?"

는 둥 또 헛소리를 하고 있다.

새문안교회 3교구 14구역 구역장인 최 권사가 배 한 상자를 선물로 들고 왔다. 아내가 저런 가운데 찾아오니 고맙기도하고 민망스럽기도 했다. 한마디로 참 슬프기도 했다.

오후 9시경에 아내가 제정신으로 돌아왔다. 그리고 한 시간 후에 아내가 잠자리에 들어갔다.

📋 **1월 22일**

오늘은 오전 7시경에 일어났다. 모처럼 밤중에 깨지 않고 단잠을 잤던 것 같다. 아내 컨디션이 좋아 보인다.

오후 4시경에 녹차와 군고구마를 먹었다. 오후 6시경에 아내에게 도가니탕을 끓여 주었는데 음식물을 잘 삼키지를 못한다. 연하장애인 것 같다.

병원에 가야 하는데 시간이 늦어서 갈 수가 없다. 내 속이 탄다. 이럴 때 집안 식구 중에 내과 의사가 있었으면 정말 좋을 것 같다는 생각이 간절하다.

📋 **1월 24일**

아내를 휠체어에 앉혀 세브란스병원 암병원 2층 채혈실로 가서 아침 일찍 채혈을 하고, 집에 와서 간단하게 식사를 한 뒤 다시 병원으로 가서 종양내과 진료를 받았다.

주치의 교수에게

"항암주사는 언제까지 맞아야 되지요?"

라고 물었더니,

"항암주사는 좋아질 때까지."

라고 말한다. 나는 이어

"그동안 약 10일간 많이 아팠습니다."

고 이야기를 했더니

"그러면 이제부터는 4주마다 항암주사를 맞도록하지요."

라고 한다.

항암주사를 맞지 않으면 면역력은 많이 떨어지지는 않겠지만, 암 치료가 더디어 질 것 같아서 주치의 교수의 의견에 따를 수밖에 없다.

아내가 낮 동안에는 컨디션이 양호하다. 야간 자정 무렵부터 아픈 데는 없다면서도 목과 어깨를 꼬면서 고통스러워한다. 타이레놀 한 알을 먹고 잠시 좋아진 듯하였으나 밤이 새도록 통증으로 고통스러워한다.

📋 1월 25일

세브란스병원 암병원 4층 외래항암약물치료센터에서 아내는 제 24차 항암주사를 맞았다.

오전 9시경부터 12시 40분경에 주사가 끝나고 집에 돌아와서 점심식사를 했다. 오후 2시경에 타이레놀 두 알, 저녁 8시경에 타이레놀 두 알을 주었다. 통증이 많이 사라진 것 같다.

오전 6시 30분경에 아내에게 도가니탕에 밥을 넣어 끓여 주었다.

오전 9시경에 아내의 손을 잡고 거실에서 10바퀴를 돌았다.

요양보호사 최 선생이 치매에 좋다고 하면서 아내에게 마늘을 까라고 한다.

세브란스병원에서 처방받아 온 약봉지를 정리하다 보니 '마약성 진통제'가 많이 있다.

진통효과가 별로 없는 타이레놀은 이제 치우고 '마약성 진통제'를 사용해 보기로 했다.

오후 2시경에 마약성 진통제 한 알, 저녁 9시경에 마약성 진통제 한 알을 주었다. 아내의 컨디션이 대단히 좋아 보인다. 그런데 몸에 힘이 없다고 한다.

새벽 2시 30분경, 거실에서 소리가 나서 나와 봤더니 아내가 거실바닥에 주저앉아서 엉덩이로 기고 있다. 아내가 화장실에 갔다가 바닥이 미끄러워 주저앉았다고 한다.

이제 워커도 없이 혼자서 잘 걸을 수 있을 정도로 좋아졌는데, 또 넘어졌다고 하니 기가 막힌다. 증세를 보니 병원에 가야 할 정도는 아닌 것 같은데 걸을 때 무척 힘들어 한다.

오전 7시경에 일어나서 아침식사를 하고 마약성 진통제 한 알을 주었다.

오전 11시경에 베트남 쌀국수를 끓여 먹고,

오전 12시경에 세브란스병원 4층 주사실에 가서 인퓨저 후버 바늘을 제거하고, 그길로 압구정동 심 신경과 의원에 가서 글루타치온 주사와 비타민 주사를 맞고 집에 왔다.

오후 7시 30분경에 마약성 진통제 한 알을 주었다.

오후 9시 30분경에 허벅지 통증을 호소한다. 타이레놀 두 알을 주었다.

📋 1월 28일

아내에게 오전과 오후에 마약성 진통제 한 알씩을 주었다.

아내의 손을 잡고 거실에서 10바퀴를 돌았다. 아내가 걷기를 잘하지 못한다. 정말 답답하다.

📋 1월 30일

아내에게 오전과 오후에 마약성 진통제 한 알씩을 주었다.

손녀딸 희윤이가 어릴 때 사용하던 퍼즐을 가지고 와서, 아내에게 한번 해 보라고 건네주었다. 오늘은 아내가 가장 쉬운 것부터 퍼즐 맞추기를 했다.

그리고 나서 나에게 끝말잇기 놀이를 하자고 했다. 끝말잇기 훈련이 되지 않아서 그런지 자꾸만 중단된다. 몇 번이나 새로 시작하고 다른 단어로 또다시 시작하고 해도 끝말이 계속 이어지지를 않는다. 몇 차례를 하다가 재미가 없다고 그만두었다.

아내가 지루함을 달래기 위해 퍼즐 맞추기도 하고 끝말잇기도 하자고 먼저 나에게 제안을 하는데, 왜 내가 먼저 아내를 주도적으로 재미있게 해 주지 못했을까?

지금 생각하니 내 자신이 너무나 한심하고 원망스럽기 짝이 없다.

아내의 컨디션이 아주 좋은 편이다. 아내가 변을 보고나면 내가 화장실에 가서 확인을 하는데 변 상태가 양호하다. 며칠 전까지만 해도 대변 상태가 염소 똥처럼 좋지 않았었다.

혓바닥 통증으로 타이레놀 두 알을 주었다.

세브란스병원에서 우리 집이 가깝다고 MRI 촬영이 자정 시간에 예약되어 있다. 오후 6시경에 저녁 식사를 하고 물만 마시면서 4시간 금식하고 밤 11시 30분경에 세브란스병원 본관 4층에 가서 MRI 촬영을 하고 집에 왔다.

📋 1월 31일

아내가 어젯밤에 이어서 또 4시간 금식하고 오전 8시에 세브란스병원에서 CT 촬영을 했다. CT 촬영 후에 염화나트륨 수액주사를 2시간 동안 맞았다.

집에서 아내가 나에게 끝말잇기를 또 하자고 하는데, 몇 차례나 시도하였지만 아직도 연결이 잘되지 않는다.

📋 2월 1일

그동안 통증으로 밤에 잘 때 깔고 자는 패드를 모두 뒤집어 놓았었는데, 요즘은 자고 일어나도 몸부림을 치지 않아 침구류가 깔끔하게 정리되어 있다.

아내가 끝말잇기를 또 하자고 해서 끝말잇기를 하는데 역시 잘되지 않는다.

아내가 퍼즐 맞추기를 하는데 처음보다 조금씩 나아지고 있기는 해도, 아내 혼자 스스로 완성시키지는 못한다.

📋 2월 4일

용돈

아내가 나에게 그동안 수고했다고 용돈으로 쓰라며 30만 원을 주었다. 돈의 액수보다 중요한 것은 아내의 마음이다. 아내는 그 돈을 통해 나를 위해 준비하고, 걱정하고, 배려하는 마음을 표현한 것이다. 나는 그런 아내의 마음을 다시금 깨닫고, 그 소중한 마음을 잊지 않겠다고 다짐한다. 간병의 시간 속에서 서로의 마음을 확인하고, 더 깊이 이해하게 되는 순간들이었다.

아내는 '청구성심병원'에 입원할 때부터 혹시 필요할지 모른다며 현금을 준비해 두었었다. 5만 원권 20장, 만 원권 14장,

268

1,000원 짜리 2장을 비닐봉투에 넣어 다녔지만 나는 그 돈에 크게 관심을 두지 않았다. 최근 들어 아내는 아침저녁으로 돈을 확인하며 몇 번이고 세어 보지만, 금액이 잘 맞지 않는다고 한다.

2019년도 여름에 아내가 세란병원에서 무릎 양쪽에 인공관절 수술을 하여 병원에서 한 달 동안 입원하고, 퇴원한 후 2년 동안 집에서 재활운동을 했다.

이때 아내가 나에게 "간병을 잘해 주면 한 달에 200만 원씩 주겠다"고 했다. 그래서 우리는 한바탕 웃고 말았다. 주머닛돈이 쌈짓돈인데, 아내가 나에게 돈을 준다고 한 것이 우리를 웃게 만들었던 것이다.

📋 2월 5일

아내가 새벽 3시에 화장실에 가자고 나를 불러 깨웠다. 보통 때는 아내가 조금만 부스럭거리는 소리만 들려도 내가 거실로 쫓아 나갔는데 오늘은 내가 무척 피곤했던가 보다. 나는 자다가 갑자기 일어나서 눈도 제대로 뜨지 못하고 아내를 부축하여 화장실로 데려다주었다.

📋 2월 6일

치매훈련용 학습지

'원천 요양센터'에서 치매훈련용 학습지를 가지고 왔다. 아내에게 학습지를 하자고 할 때, 아내가 별로 탐탁지 않게 생각할까 봐 걱정했는데 의외로 아내는 내가 하자는 대로 기꺼이 따라 주었고 오히려 먼저 공부하자고 제안하기도 한다.

초등학교 1·2학년 학생에게 가르치는 것처럼 그림 그리기, 숫자 맞추기 등 간단한 문제 풀이를 함께 했다.

매일 오후에 간식을 나누어 먹고 나서 아내와 함께 학습지를 공부했다. 이때 아내의 얼굴에 미소가 가득해지는 걸 보게 되었다. 나의 작은 노력 하나가 이렇게 큰 기쁨을 줄 수 있다는 사실에 나도 행복해졌다.

이 시간은 단순한 치매 훈련을 넘어 우리 두 사람에게 소중한 추억을 쌓는 시간이었다. 아내의 환한 미소를 보며, 사랑과 관심으로 서로를 돌보는 순간이야말로 우리에게 가장 큰 의미임을 깨닫게 되었다.

📋 2월 7일

새문안교회 14교구 지도목사인 엄 목사님이 구역장 최 권사님과 부구역장 홍 집사와 함께 환자 심방을 오셨다. 아내가 구역장에게 미리 부탁하였던 것이다.

아내가 좋아하는 찬송가 301장과 310장을 부르고 성경말씀 요한3서 2절을 읽으신 후에 설교 말씀을 전해 주셨다.

마약성 진통제를 너무 많이 먹으면 좋지 않을까 봐 오늘은 오전에는 주지 않았더니 오후에 끙끙 앓는 소리를 낸다. 타이레놀 2알을 주었다. 저녁 7시경에는 마약성 진통제 1알을 주었다.

대구에 사는 막냇동생이 제수 씨와 함께 잡채, 생선구이, 배추전, 불고기 등을 갖고 와서 다 같이 저녁식사를 하고 이런저런 이야기들을 나눈 뒤 돌아갔다.

아내의 투병으로 형제들이 자주 모이는 것은 가족의 유대감을 느끼게 해주지만, 좋은 일로 서로 만나면 좋을 텐데 이렇게 좋지 않은 상황에서 만나게 되니 너무나 속이 상하고 슬프다.

설날

오늘은 설날이라고 큰아들 부부와 손녀 희윤이, 그리고 작은며느리가 귀여운 반려견 '귀요미'를 데리고 집에 왔다.

아이들이 세배를 하겠다고 하는 것을 아픈 사람에게 절을 하는 것이 아니라고 하여 못 하게 했다. 믿는 사람은 그런 것을 따지지 않는다고 하지만 환자가 절을 받는 모습은 그리 좋아 보이지 않는다.

큰아들 부부와 작은며느리가 갖고 온 여러가지 '전'과 어묵으로 점심식사를 하고, 저녁은 소고기와 버섯으로 샤부샤부를 만들어 먹었다.

오랜만에 가족들이 모여 함께 시간을 보내니 집안이 활기차고 따뜻했다. 손녀딸 희윤이는 유치원에서 배운 춤을 우리에게 보여 준다고 제대로 알아듣지도 못하는 노래를 부르면서 춤을 춘다.

함께 음식을 나누고, 소소한 이야기를 나누며 우리는 더욱 가까워졌다. 이 소중한 시간은 우리의 일상에 큰 기쁨과 위로가 되었다. 가족이 함께하는 순간이야말로 가장 큰 행복임을 다시금 느끼게 된다.

📋 2월 13일

아내와 함께 '서대문 연세 이비인후과 의원'에 다녀왔다. 의사에게 "왜 혓바닥이 잘 낫지 않느냐?"고 하니, "면역력이 떨어져서 잘 낫지 않는다."고 한다. 엉덩이에 주사 한 대를 맞고 약국에서 처방 약을 지어 왔다.

아내를 휠체어에 태우고 아파트 엘리베이터 앞까지 밀어 주고, 주차를 하고 오니 아내가 사라지고 없다. 혹시 그동안 혼자 엘리베이터를 타고 집에 갔는가 싶어서 집에 가보니 집에도 없다.

휴대전화기도 없는 아내가 사라졌으니 연락할 길이 없다. 순간 덜컥 겁이 나며 매우 난감했다.

아파트 관리 사무실에 전화하여 CCTV를 확인해 보라고 했다. 그랬더니, 지하 2층에서 엘리베이터를 내렸다는 것이다. 엘리베이터를 타고 지하 2층에 가 보니 8층에 사는 남자분이 아내의 휠체어를 밀고 있었다. 아내가 제정신이라면 이런 일이 벌어지지도 않았을 것이고, 이런 상황이 되었다 해도 다른 사람이 아내의 휠체어를 밀고 가는데 그냥 가만히 있을 아내가 아니다. 문제는 치매다.

앞으로 아내를 잃어버렸을 경우에 대한 대책이 있어야 될 것 같다.

📋 2월14일

오늘은 아내가 자정부터 아침 사이에 무려 세 번이나 화장실을 다녀왔다.

낮에는 압구정동 심 신경과의원에 가서 글루타치온 주사를 한 대 맞고 왔다.

오후 4시에는 인왕산 둘레길 공원에 가서 걷기도 하고 의자에 앉아 햇볕을 쪼이며 이런저런 이야기도 하면서 놀다 왔다. '마가렛트' 과자를 두 봉지 가지고 가서 아내와 내가 한 봉지 씩 나누어 먹었다. 아내가 좋아하는 과자이다.

경상도 남자

카톡방에서 '좋은 친구가 많아야 장수하고 행복하다'라는 제목에 좋은 친구를 만들기 위해 자기 부인을 등산 모임에 데리고 갔는데 5시간 동안 부인에게 한 말이라고는 "빨리 와!"뿐이었다는 이야기를 본 것이 생각난다.

경상도 남자들이 집에 와서

"아는? 밥 묵자! 자자!"

이 세 마디만 한다고 한다.

내가 지금 생각해 보니 위의 남자와 조금도 다르지 않았으니 참으로 한심하다. 왜 좀 더 자상하게 대해 주지 못했을까?

아내가 컨디션이 좋으면 말이 많아진다. 그래서 주로 나는 듣고 있으면 된다. 한평생을 이렇게 살아왔으니 이제 와서 고칠 수도 없는 고질병이 되었는데 아내에게 좀 더 다정하고 자상하게 대해 주지 못한 것이 한이 된다.

📋 **2월 15일**

한밤중에 아내가 자다가 "내 돈이 없어졌다."고 하면서 돈을 세고 있다. 요즘 아내가 돈을 자주 세고 있다. '치매 편집증'인 듯하다.

📋 **2월 16일**

우리 이렇게 같이 살면 좋겠다

인왕산 둘레길 공원에서 걷기도 하고 의자에 앉아서 햇볕을 쬐고 왔다.

투병 후 두 번째로 맞는 봄이 오는 길목이다.

오늘도 '마가렛트' 과자를 한 봉지 주니까 씨익 웃으면서 좋아한다.

아내가 나에게 난데없이

"우리 이렇게 같이 살면 좋겠다."

라고 말한다. 그런데 그때 내가 아내에게 무어라고 말을 해 주었어야 하는데 나는 아무런 말도 하지 못했다. 지금 생각하니 너무나 한심하기 짝이 없다.

이렇게 무미건조한 남편을 위하여 한평생을 희생했을 아내를 생각하니 참으로 미안하고 부끄러울 따름이다.

📝 2월 17일

아내와 함께 오후 2시부터 3시 30분경까지 인왕산 둘레길 공원에 가서 걷기도 하고 의자에 앉아 햇볕을 쬐고 왔다.

의자에 앉아 쉬고 있는데 감정원에 다니는 김 집사를 만났다. 김 집사가 운동 삼아 인왕산 둘레길을 따라 한 바퀴 도는 중이라고 하면서, 오는 4월경에는 큰딸 내외가 살고 있는 미국 샌프란시스코에 부부가 가서 7월경까지 있다가 돌아올 계획이라고 한다.

아내가 집에 와서 눈물을 보인다. 무엇 때문인지 모르겠다. 아마도 조금 전에 만났던 김 집사 부부와 친한 사이인데, 김 집사의 이야기를 듣고 자신은 건강상 아무것도 할 수 없다는 것에 대한 아픔의 눈물이 아니었을까 생각이 된다.

아내가 건강하다면 미국 샌프란시스코뿐만 아니라 세계 어디든지 다 갈 수 있는 것인데 안타깝기 그지없다.

📋 2월 18일

새벽 미명에 아내가 다리가 너무 부어서 아프다고 내 방문을 열고 들어왔다.

아내를 돌소파로 데리고 가서 누우라고 하여 다리를 마사지해 주었다.

지난 봄쯤에 가족 단체 카톡방에 어머니가 다리 부종으로 고생한다고 하는 글을 올린적이 있다. 그랬더니 작은아들이 '공기 마사지기'를 우리 집으로 택배로 보내어 왔었다.

그때부터 매일 오전에 한번 오후에 한번 이렇게 열심히 마사지를 해 주었고, 세브란스병원 재활의학과에서 처방하여 맞춘 '스타킹'도 하루에 1~2시간씩 착용해 보고, '압박 스타킹'도 가끔 밤에 잘 때 신고 자도록 해 보았지만 크게 개선되는 것 같지 않았다.

다리에 부종 증세를 보이는 초기에 제대로 조치를 취했더라면 더 좋아졌을 것 같은 데 이 또한 후회가 된다.

아내가 한글 풀어쓰기를 하지 못해 내가 여러 가지 예를 들어 가면서 설명을 하고나니 겨우 이해를 했다.

창고에 있던 족욕기를 가지고 와서 더운물을 붓고 발을 마사지하면서 족욕을 해 주었다. 찬물에도 스위치를 켜면 물이 더워지는 족욕기였는데 고장인 것 같다. 그래서 더운물을 부어서 조금 식으면 발을 담구라고 했다.

아내에게 족욕을 해 주면 발이 따끈해지고 좋은 것 같다.

이때부터 임종하기 이틀 전날까지 거의 빠짐없이 매일 저녁식사 후에 족욕을 해 주었다.

오늘은 아내가 세브란스병원 암병원 2층 주사실에서 채혈을 하고 4층 종양내과 주치의의 진료가 있는 날이다. 주치의의 이야기로는 MRI는 좀 더 해독해 봐야 되고, CT는 복강에 변동이 없고, 통증에 마약성 진통제를 처방하겠다고 한다.

항암주사는 내일은 사람이 밀려서 안 되고 모레 23일에 맞기로 하자고 한다.

오후에 간식으로 녹차와 고구마를 먹고, 저녁 식사는 베트남 쌀국수로 했다.

아내가 나에게 간식을 먹으면서 또 말을 꺼낸다.

"이대로 같이 살고 싶다."

지난번 인왕산 둘레길 공원에서 아내가 내게 이런 말을 했을 때는 너무 황당하고 기가 막혀서 아무 말도 못했던 것을 후회 했었는데, 이번에는 아내에게 확실하게 말을 해 주었다.

"암과 다리 부종을 제외하고 지금까지 몸에 가슴과 팔·다리에 멍이 들었던 것, 발뒤꿈치에 염증이 생긴 것, 혓바닥이 갈라진 것, 모두 다 치료가 잘되었으니까 이제 암만 잘 치료하면 돼요. 암이 치료되면 다리 부종도 자연히 치료가 되니 걱정할 것 없어요. 그리고 잘 먹고 잘 자고 잘 싸면 암도 곧 낫게 되니까 아무 걱정하지 말아요."

라고 위로해 주었다. 아내는 나의 말을 듣고서 알겠다고 고개를 끄덕인다.

사실 아내가 내게 '이대로 같이 살고 싶다.'고 말한 것은 아내가 죽음 앞에서 죽기가 싫다는 뜻으로 했던 말일 것 같다. 아내에게 좀 더 희망적인 말로 위로를 해 주었어야 했는데, 적당한 말을 찾지 못해 나 나름대로 희망적인 말을 한다고 한 것이 아내에게 진정으로 위로가 되지는 못한 것 같다.

📝 **2월 22일**

요양보호사 최 선생이 오늘은 오징어국을 끓여 주었다.

아내가 요즘 기억력이 자꾸 떨어진다고 하면서 노트에 무엇을 적어 두는데 나중에 보니까, 해병대 '6공주'들과 잠실 롯데몰에서 맛있는 음식도 먹고 좋은 카페에도 가고 석촌호수 주변을 거닐었던 때를 잊지 못하는 모양이다.

아내가 노트에 적어 둔 내용은 다음과 같다.

「우리 6명이 모임을 처음 하면서 점심식사 하고 나서
어느 호수 공원 주위를 걸어가면서 행복했음.
현연(민경), 태식, 태기, 서경애, 유정숙, 유경애
태식 씨가 모임 주선하는 데 최고인 것 같다.
우리 6명 처음 모였을 때 너무 좋았는데 세월이 이렇게 흘러 흘렀구나.
이제는 글자도 제대로 못 쓰겠다.
한세상 살다가 가는데 왜 이렇게 금방 가는지?
현연(민경), 태식, 태기, 정숙 씨, 나한테는 너무 좋은 사람 같다.」

📅 2월 24일

아내가 해병대 동기 박 대령의 부인인 류 여사와 통화를 하였는데 류 여사가 몸이 좋지 않아 5일 동안 병원에 입원했다고 하면서 제대로 먹지 못했을 거라며 쿠팡에 연락하여 음식물을 배달해 주어야 한다고 걱정이 태산이다.

나에게 음식물을 배달하라고 하는데 나도 무슨 음식을 어떻게 해야 할지 막막하여 망설이고 있으니, 아내가 나에게 제대로 하지 못한다고 짜증을 부린다.

아내가 요즘은 밤에 잠도 얌전하게 잘 잔다. 새벽에 일어나서 운동한다고 시끄럽게 하지도 않는다.

또다시 미끄러져 넘어진 이후 걸음걸이가 아주 좋지 않았는데, 오늘은 걸음걸이가 아주 좋아졌다. 누웠다 일어나거나 앉았다가 일어서거나 하여 첫발을 내딛는 것이 아주 힘차고 빨라졌다.

📖 2월 25일

오늘도 아침식사로 도가니탕을 데워 주었다. 작년 추석 무렵 '서울중앙요양병원'에서 퇴원한 이후 거의 매일 아침식사로 도가니탕을 끓여 주었다.

아내는 거의 매일 아침마다 도가니탕을 먹으면서도

"아! 맛있다."

를 연발한다.

오후에 간식으로 녹차와 고구마를 먹고 나서, 아내와 함께 치매 환자 학습지 문제풀이를 했다.

학습지 공부가 끝나고 나서 아내가 나에게

"종우가 오면 혼자 살 수 없으니 어떻게 할지 미리부터 생각해 보라고 해야겠다."

라고 한다. 아내는 자신이 세상을 떠난 후에 나 혼자 살아갈 것에 대해 무척이나 신경이 쓰였나 보다.

오늘은 집에서 점심식사를 하고 세브란스병원에 가서 인퓨저 후 버바늘을 제거했다. 그길로 압구정동 심 신경과 의원에 가서 글루타치온 주사와 비타민 주사를 맞았다.

저녁 식사를 하고 난 후에 문득 아내가 나에게 물어본다.

"본거지를 어디로 할 건지 생각해 봤어요?"

라고 묻는다. 나는 아내가 머지않아 세상을 떠난다고는 생각조차 하지 않고 있는데, 아내는 요즘 무언가 느낌이 왔던 것 같다. 아내는 자기가 세상을 떠난 후에 남편이 혼자 남아 어떻게 살아갈 것인지 걱정이 태산이었던 것 같다.

중국집 '메이탄'에서 점심을 먹고, 인왕산 둘레길 공원에 갔다. 공원에 앉아서 오늘도 '마가렛트' 과자를 한 봉지 주니까 빙긋이 웃으며 고마워한다.

집에 와서 아내와 함께 퍼즐 맞추기를 했다. 손녀가 어릴 때 갖고 놀던 것을 가지고 온 것인데 24피스로 제일 쉬운 것부터 시작했다. 그런데도 아내는 제대로 맞추지 못한다. 미키 마우스 얼굴 모양을 만들어야 되는데, 코가 아래로 향하지 않고 위로 향하게 억지로 끼워 맞추고서 그림이 제대로 되지 않는다고 고개만 갸우뚱갸우뚱하고 있다. 그 똑똑하던 아내가 미키 마우스 하나도 제대로 맞추지 못하고 힘들어하고 있으니 보고 있는 내가 답답하고 안타까움이 배나 더했다.

📋 **2월 28일**

오늘은 새벽 3시 30분부터 아내가 전신이 아프다고 소리를 친다.

나는 자다가 벌떡 일어나 달려갔다. 한참 아내의 몸통과 다리를 주물러 주었다. 특히 오른쪽 다리를 돌리면 많이 아프다고 한다.

오전 4시 30분경 타이레놀 두 알을 주고, 5시부터 걷기 운동을 하고, 6시에 아침식사를 했다.

아침식사 후 화장실에서 아내가 용변을 보고 일어서는데, 왼쪽 다리 무릎을 제대로 펴지 못하고 자꾸만 옆으로 기울어진다.

📋 **3월 1일**

오늘은 3.1절 공휴일이라 큰아들 동현이가 며느리와 손녀 딸 희윤이와 함께 돼지족발, 멍게, 생선회, 전복, 갈치, 가자미, 고등어 등을 사 들고 우리 집에 왔다. 다 함께 저녁식사를 맛있게 먹었다.

큰아들 부부는 가까이 살지도 않으면서 공휴일이 되면 가급적 특별한 일이 있지 않는 한 우리 집으로 달려온다. 대단히 고마운 일이다.

🗒 3월 3일

아내가 스스로 퍼즐 맞추기를 한다. 처음에 연습하던 것은 재미없다고 하며 조금 어려운 것을 하는데 전혀 진전이 되지 않는다. 내가 옆에서 퍼즐 옆부분이 직선으로 되어 있는 것은 퍼즐 제일 바깥쪽 테두리이니 테두리부터 하나하나 맞추든지, 아니면 얼굴이나 건물이나 핵심적인 것부터 하나하나 붙여 나가면 된다고 가르쳐 주어도 잘 되지 않는다. 내가 잘못 맞추어 놓은 것은 뜯어내고, 옆에서 조금씩 도와주면서 완성하고 나면 좋다고 박수를 친다.

그동안 매일 하루하루를 정신없이 보냈는데, 요 며칠간은 아내에게 특별한 일이 일어나지 않고 있다. 다만, 아내는 머리가 멍하다고 할 뿐이다.

🗒 3월 4일

노년기 삶의 여정 재확인하기

아내와 함께 인왕산 둘레길 공원에서 걷기도 하고 의자에 앉아 햇볕을 쬐고 왔다. 아내와 함께 있으면서 이런저런 이야기를 많

283

이 하지만 진지한 대화는 거의 없이 그냥 일상적이고 무의미한 이야기만 했던 것 같다.

'**노년기 삶의 여정 재확인하기**'와 같은 자료를 진작에 알았더라면 아내와 함께 더욱 많은 대화를 진지하게 나눌 수 있었을 것이다. 그리고 서로를 더욱 이해하고 더욱 배려할 수 있었을 것인데, 이 또한 너무나 아쉽기만 하다.

'**노년기 삶의 여정 재확인하기**'의 주요 내용은 다음과 같다.

1. 당신은 누구를 얼마나 사랑했는가?

2. 당신은 한평생 좋아하는 일을 하면서 살았는가?

3. 당신은 어디서 무엇을 원하며 살아왔나?

4. 당신에게 감사할 일은 무엇이고 얼마나 많은가?

5. 당신은 어떤 사람으로 기억되고 싶은가?

6. 당신은 사회를 위해 무엇을 했나?

7. 당신 인생에서 어떤 기쁨이 있었는가?

8. 당신 생애에서 가장 기억에 남는 일은 무엇인가?

9. 누가 당신을 가장 사랑한다고 생각하는가?

10. 당신은 어떤 타입의 사람을 선택해 만나면서 살았는가?

11. 당신에게 지금 가장 큰 걱정은 무엇인가?

12. 당신은 살아오면서 무엇을 실패 했는가?

13. 당신이 가장 자랑스럽게 성취한 일은 무엇인가?

14. 당신이 어려움에 처했을 때 누구에게 도움을 요청할 수 있

는가?

15. 당신은 일상의 시간을 어떻게 관리하고 있나?

16. 당신이 오늘 세상을 떠난다면 가족(자녀, 배우자)에게 남길 말은 무엇인가?

17. 당신은 지금까지 어떻게 살아왔나?

18. 당신의 가장 절친한 친구들은 누구인가?

19. 당신의 건강상태는 어떠한가?

20. 당신은 빚지고 살지는 않았는가?

21. 당신은 후회 없는 삶을 살았는가?

📋 3월 5일

요양보호사 최 선생이 3월부터 여행도 다니면서 좀 쉬겠다고 하여 최 선생 대신 새로 오실 요양보호사를 면접했다. 하지만 썩 마음에 들지 않았다.

아내와 함께 홍차와 고구마로 간식을 먹었다. 그동안 마시던 녹차가 다 떨어져서 홍차를 구입하여 오늘부터 홍차를 마시고 있다. 아내가 스스로 퍼즐 맞추기를 한다.

📋 3월 7일

오늘은 요양보호사가 출근하지 않았다.

아내와 함께 홍차와 고구마로 간식을 먹고, 아내가 스스로 퍼즐 맞추기를 하는데 제대로 잘되지 않으니 머리를 갸우뚱갸우뚱 하면서 어려워하고 있다.

내일은 심 신경과 의원에 가야 되므로 저녁식사 후에 아내를 목욕시켜 주었다.

🗒 3월 10일

아내와 오전에 인왕산 둘레길 공원에 갔다가 내려오는 길에 중국 집 '메이탄'에 들러서 오늘은 유산슬밥과 짬뽕밥을 먹었다. 같이 반반으로 나누어 먹는 것은 사랑하는 사람들에게는 정겨운 일이 다. 지난 젊은 부부 시절의 추억이 아련하게 느껴졌다.

🗒 3월 11일

요양보호사 최 선생이 오늘 출근했다. 지난 5일 새로 면접한 요양 보호사가 별로 마음에 들지 않는다고 헸더니, 그분이 어제 출근하 지 않았다는 것을 최 선생이 요양보호센터에서 들었다는 것이다.

최 선생은 새로 오실 분이 결정될 때까지 우리집에 계속 출근 하기로 했다. 최 선생이 정말 고맙고 감사하다. 비록 요양보호사 라고 하는 직업인이긴 하지만 봉사정신이 없으면 하기 힘든 일인 데도 불구하고 꾸준하게 임하는 태도에 머리가 숙여진다.

오늘은 세브란스병원에서 아침 일찍부터 오후까지 채혈과 진료가 있어서 요양보호사 최 선생에게 출근하지 말라고 했다.

아침 일찍 세브란스병원 암병원 2층 채혈실에서 채혈을 하고, 4층 종양내과 주치의 교수의 진료를 받았다. 지난번에는 주치의가 MRI 결과를 좀 더 해독해 봐야 되겠다고 하였었다.

그런데 오늘은

"머리 쪽에 MRI 결과가 나왔는데 약간 진행하는 것 같아요."

"지난번에 볼 때는 의심되는 정도였는데 실제로 조그마한 전이가 된 것 같아요."

"내 생각에는 머리쪽 방사선치료를 좀 하는 게 좋을 것 같습니다."

"방사선 치료과로 연결해 드릴 건데요, 그냥 일반적인 방사선 치료 말고, 감마 나이프라고 하는 그게 좋을 것 같아요."

라고 한다.

얼마 전에는 폐에 전이되었던 암이 사라졌다고 하고, 복강에도 더 이상 진전되어 보이는 것이 없다고 했었는데, 이제 머리에 암이 전이된 것 같다고 하니 이게 무슨 말인가? 이런 가슴 칠 일이 또 어디 있는가?

내 눈앞에 다시 먹구름이 자욱하게 끼는 것 같았다.

집에 와서 어제 영천시장에서 사 온 갑오징어로 아내에게 갑오징어 덮밥을 만들어 주었다. 좀 전에 의사가 한 말은 잊어버리고, 아내가 옆에서 감독을 하고 나는 아내의 지시에 따라 열심히 갑오징어 손질과 비빔밥 만들기를 하였다. 내가 서툰 솜씨로 만든 음식이지만 아내가 아주 맛있게 먹었다. 이것이 음식을 만드는 사람의 기쁨인 것 같다.

📋 3월 14일

오늘은 아내에게 꼬막 비빔밥을 만들어 주었다. 아내가 꼬막을 아주 좋아해서 큰길 건너편에 '연안식당'이라고 꼬막 전문 식당이 있었는데, 아내와 함께 자주 가서 식사를 했었다. 지금은 다른 음식점으로 바뀌어, 꼬막 비빔밥을 먹을 수가 없게 되니 그 또한 큰 아쉬움이었다.

📋 3월 15일

오늘은 세브란스병원에서 제26차 항암주사를 맞았다. 26회나 항암주사를 견디는 건 정말 초인적인 의지와 인내가 있어야 가능할 것 같다. 너무나 독하고 강한 주사를 오래 맞고 있다.

서울역 롯데마트에서 소 불고기를 사 왔다. 저녁식사에 소 불고기를 데워서 아내에게 주었다.

오늘은 아내에게 드라이브를 시켜 주기 위해 나섰다. 구파발에 있는 흥국사로 방향을 잡았다. 흥국사 주차장에 차를 주차하고 흥국사 옆길로 걸어 올라가서 간이 의자에 앉아, 집에서 가지고 간 귤을 하나씩 까 먹고 이런저런 이야기를 했다.

올라갈 때는 아내와 함께 걸어서 올라갔지만, 내려오는 길은 아내가 힘이 들 것 같아 절 옆에까지 내가 차를 가지고 올라가서 아내를 차에 태워 왔다.

아침에 아내가 화장실에서 나오지 않고 거울을 한참 들여다보고 있다.

내가 아내에게

"뭐 하고 있어요?"

라고 하니 아내가

"내 병은 내가 안다. 이게 살 사람 몰골인가?

자고 나면 죽을 줄 알았는데."

라고 한다.

사실 아내의 얼굴이 많이 부어 있었다.

나로서는 아무것도 할 수 없으니 너무나 안타까웠다.

오늘은 세브란스병원에서 인퓨저 후버바늘을 제거하고, 본관 5층 신경외과 '감마나이프센터'에서 뇌 진료를 받았다.

신경외과 의사가 감마나이프는 아주 정확해서 단 한 번으로 끝난다고 한다. 원무과에 가서 감마나이프 치료를 위해 입원 예약을 하고 돌아왔다.

오늘 오후 6시 경에는 미국 뉴욕에 사는 작은아들 종우가 입국하는 날이다. 인천국제공항 제2공항에서 종우를 기다렸는데 비행기가 도착하고 약 1시간이 지나도 나오지 않는다. 한참 후에 B게이트로 아들이 모습을 보였다. 의외로 종우가 환하게 웃으며 나오고 있다. 트렁크가 5개나 된다.

종우는 미국 영주권이 나왔지만 며느리는 아직 영주권이 나오지 않아 수시로 미국에 다녀오곤 했다. 그런데 이번에 영주권이 나온다고 통보가 왔다고 한다. 그래서 작은아들이 자기 처를 데리고 미국으로 들어가기 위해 한국에 나온 것이다.

저녁을 먹고 난 후에 내가 아내의 다리 부종을 치료하는 모습을 본 작은아들이 "다리부종에는 더운 온열 찜질기로 하면 좋지 않아요."라고 한다. 얼음 팩으로 냉찜질을 하는 것이 좋다고 한다.

📝 3월 19일

오늘 저녁식사는 훈제 오리고기를 잘게 썰어서 양배추를 넣어 훈제 오리고기 비빔밥을 만들어 주었다.

　아내는 최근에 내가 만들어 준 갑오징어 비빔밥, 꼬막 비빔밥, 불고기 비빔밥, 훈제 오리고기 비빔밥 등 모두 만족해한다.

　아내에게

　'이만하면 나 혼자 살아도 굶어 죽지는 않겠지?'

　하고 말하려다 차마 말을 할 수가 없어 그만 두었다. 내가 말은 하지 않았지만 아내의 눈치를 슬쩍 보니 아내도 나와 같은 생각을 하였던지 나에게 빙긋이 웃어 준다.

　밤에 아내의 오른쪽 다리에 얼음 팩으로 마사지를 해 주었다.

📋 **3월 20일**

점심식사를 마치고 아내와 인왕산 둘레길 공원에 가서 의자에 잠시 앉았다 왔다. 오늘따라 봄바람이 꽃을 시기하듯 나뭇가지와 꽃잎을 가만히 두질 않는다. 낙화유수. 불현듯 이런 생각이 났다. 무슨 예감이라도 한 걸까?

　집에 와서 녹차와 고구마를 구워 먹었다.

　밤중에 아내의 오른쪽 다리에 얼음 팩 마사지를 하는데 허벅지 안쪽 부분에 심한 통증을 호소한다.

임종

아내가 자정넘어 새벽에 이르기까지 세 차례나 용변을 본다고 화장실을 드나든다. 아침 일찍 요양보호사 최 선생이 출근하여 그냥 누워서 변을 보라고 기저귀를 미리 채워 주었다.

　오전 8시경에 마약성 진통제를 주었는데도 통증을 이기지 못하고 괴로워한다. 오전 11시경에 타이레놀 진통제를 또 주었다. 그런데도 아내가 통증을 견디지 못하고 있다. 요양보호사 선생이 아내의 팔 다리를 주물러 주고 있었다. 그러는 중에 아내가

　"내가 죄가 많아서……."

　라고 말을 하는데 요양보호사는 알아 듣지 못하고

　"뭐라고요?"

　라고 되묻는다. 아내가 또

　"내가 죄가 많아서……."

　라고 한다. 그런데 요양보호사 뒤에 서서 바라보고 있는 나는 확실하게 아내가 하는 말을 알아 들었는데 요양보호사는 또

　"뭐라고요?"

　라고 묻는다. 아내와 나의 텔레파시인가? 요양보호사는 아마도 아내가 하는 말을 알아듣지 못했던 것 같다.

　오전 12시경에는 심상치 않은 상태가 감지되었다. 즉시 119를 불렀다. 119 요원 4명이 와서는 세브란스병원 응급실은 입원이

운명하기 하루 전날 인왕산 둘레길 공원에서

되지 않으므로 자기들도 어쩔 수 없다고 한다. 그러면서 그냥 돌아가 버렸다. 위급 상황에서 정말 어이없는 일이다. 환자의 목숨이 경각에 달려 119를 불렀는데 그 119가 전혀 도움이 되지 않는다. 세브란스병원 응급실이 아니면 다른 곳이라도 가서 사람부터 살려야 할 것인데, 너무나 무성의하게 일을 처리하는 것 같다. 만약에 자기들 부모라고 하여도 그렇게 했을까 싶다.

요양보호사도 12시경에 퇴근하고 집에 아무도 없는 상황에서 운명하기 약 10분 전쯤이나 되었을 무렵에 아내가 난데없이 "저승사자"라고 한다. 이때 아내에게 아마도 영안이 열려서 저승 세계가 눈에 보였던 것 같다.

오후 2시 30분을 좀 넘어서 또 용변을 봤다.

내가 아내의 변을 처리하고 있는데 갑자기 신음소리가 들리지 않는다.

처음에는 그냥 신음소리를 참고 있는 것으로 생각했으나, 갑자기 이상한 생각이 들어 아내를 흔들어 보니 의식이 없다.

그래서 가슴을 압박하면서 핸드폰에 저장된 119를 눌렀지만 응답이 없다.

하는 수 없이 큰며느리에게 전화하여, 어머니가 의식이 없다고 119에게 빨리 연락하라고 하고 계속 가슴을 압박하였다.

그러는 도중에 금방 119 요원이 왔는데, 조금 전에 왔다가 그냥 돌아갔던 그 사람들이다. 그들이 심장충격기로 가슴에 충격을 가해 보지만 아내는 깨어나지 않았다.

오후 3시경이다.

아내가 강북 삼성병원 응급실에 입원한 지 487일 만이다.

이렇게 한 사람의 생명이 끝이 나는가?

어제까지만 해도 나와 함께 인왕산 둘레길 공원에 가서 놀다 가 왔는데, 너무나 어이가 없다. 믿기지 않는다.

5부 _____ 에필로그 _____

파주 별장 노래방

2021년 11월 2일, 해병대 친구 지 국장이 파주 쪽에 별장을 갖고 있는 여동생의 별장에 가서 양고기를 먹고 오자고 한다. 나는 차를 운전하여 아내와 함께 파주까지 가서 지 국장 여동생이 푸짐하게 차려 주는 양고기 음식들을 아주 맛있게 잘 먹었었다.

식사가 끝나고 나서 별장에 있는 자체 노래방에서 아내가 노래를 불렀다. 아내가 즐겨 부르던 '처녀 뱃사공'을 부르는데 목소리가 아주 힘이 없고, 아내도 더 이상 부르지 못하겠다고 한다.

지금 생각해 보니 아마 이때부터 아내 건강이 좋지 않았던 것 같다. 내가 남편으로서 아내를 잘 챙겨 주었어야 하는데, 나는 그때 무엇 때문인지 아무런 조치도 하지 않고 무심하게 지나쳤던 것 같다.

아내에게 건강검진을 하여 몸에 문제가 없는 것인지, 종합검진을 받아 보고 확인을 하여 기력을 회복시키도록 했어야 했다. 이것은 남편으로서 직무 유기를 했던 것이다. 아내에게 돌이킬 수 없는 크나큰 잘못을 저지른 것이다.

하나님이 아담의 갈비뼈로 하와를 지으셨으니, 아내는 가정의 심장처럼 매우 중요한 역할을 하지만, 갈비뼈로서 보호를 받아야 한다.

아내는 소중하고 귀한 존재다. 생명을 나누는 존재다. 함께 기거하는 존재다. 세상의 수많은 여자 중에 유일하게 함께 기거할 수 있고, 생명을 나누는 귀중한 존재이다. 남편은 아내를 돌보고, 귀히 여겨야 한다.

그런데 나는 아내의 아픔을 알지 못하고 방관하여 아내의 병을 키웠으니 이 잘못을 어떻게 씻을 수가 있단 말인가?

아내의 지나친 짜증

2022년 연초부터 아내가 무슨 일인지 이해가 되지 않는 횡포를 나에게 부리기 시작했다. 아내가 나에게 평생 동안 한 번도 사용하지 않던 쌍욕을 하기도 하고 무언가 아내의 심사가 매우 불편했다. 이유를 물어봐도 대답도 제대로 하지 않는다. 우리는 거의 1년 반의 연애 기간을 거쳐서 결혼을 했기 때문에 사랑이라는 감정이 우리 두 사람을 결혼하게 했던 것으로 생각한다. 그리고 우리 부부는 한평생을 서로 큰 문제 없이 무던하게 잘 살아왔었다. 누가 나에게 죽은 후에 다시 태어나도 지금 아내와 결혼 하겠느냐고 물었을 때 나는 조금도 망설임이 없이 그러겠다고 대답했었다.

그런 아내가 발병하기 약 일 년 전부터 이유 없이 나에게 짜증을 부리던 것들이, 늘 이해가 되지 않고 궁금했었다. 그런데 간병일기를 마지막으로 탈고하고 재점검을 하는 과정에서 깨닫게 되었다. 바로 아내의 파킨슨병치매로 인하여 아내가 감정 조절이 되지 않아 자신도 모르게 어쩔 수 없이 행한 일들이었던 것이다. 파킨슨병치매는 우울, 불안, 충동 조절 장애, 인지 기능 저하 외에도 얼굴이 무표정해지고, 말할 때 목소리가 작아지고, 쉽게 화를 잘 내는 등의 증세를 보인다고 한다.

아내가 바로 이 몹쓸 파킨슨병치매로 인하여 자기 자신도 깨닫지 못하는 이상한 행동을 하게 되었던 것이다. 아내의 이런 아픔을 이해하지 못하고, 아내의 잔소리와 짜증이 심해지면 아내를 죽여 버리고 싶은 마음이 들 때도 있었다. 이제 아내가 왜 내게 그랬을까 하는 의문이 풀리고 나니 내가 아내에게 가졌던 잘못된 마음이 너무나 미안하고 부끄럽기 짝이 없다.

아내의 이러한 지속적인 짜증에, 나는 미국에 있는 작은아들 종우가 2021년 여름에 한국을 다녀가면서 제네시스 GV70을 예약해 주고 갔는데, 아들이 아버지한테만 신경을 쓰고 자신에게는 소홀하게 대한다고 생각해서 그리했나 싶어 내심 참고 응대를 하지 않았다. 하지만 아무리 아내를 이해하려고 노력해도 이해가 잘 되지 않았다. 죽을 때 정을 떼고 간다는 말이 있던데, 내가 너무 오버하는 걸지 몰라도, 아내가 정을 떼고 가려고 그랬던 게 아닌가 하는 생각이 들 때도 있었다.

필레 약수터로 가출

2022년 정월 초부터 시작된 아내의 잔소리와 짜증에 내가 참다 참다 못해 같은 해 8월 20일에는 아무 말도 하지 않고 차를 몰고 집을 나와 버렸다. 막상 나오고 보니 갈 곳이 없었다. 한참 달리다 생각해 보니 동네 친구인 류 사장이 강원도 '필레 약수터'에서 천막을 치고 여름을 지내고 있다는 생각이 들어서 '필레 약수터'로 향했다.

'필레 약수터'에 가니 류 사장 부부가 반갑게 맞아 주었다. 항상 아내와 함께 다니던 사람이 왜 혼자 왔냐고 묻는데, 나 혼자 있고 싶어서 아내에게 아무 말도 하지 않고 나왔다고 했다.

그랬더니 류 사장 부인이 아내의 속도 모르고 아내에게 전화를 걸어서 내가 '필레 약수터'에 와 있으니 얼른 시외버스를 타고 '필레 약수터'로 오라고 한다. 아내가 그런다고 쉽게 올 사람이 아니다.

나는 '필레 약수터'에 마침 천막 하나가 비어 있어서 4박 5일을 이곳에서 지냈다. 그동안 류 사장 부부와 함께 여기저기 맛집도 다니고 온천도 하면서 지냈다.

며칠 동안 여기저기를 다니면서 나 자신의 화도 다스리면서 아내를 생각해 보았다. 집을 나온 지 2~3일 뒤에 나의 화가 어느 정도 가라앉았다. 밤중에 천막 안에 나 홀로 누워서 나의 행동에 대하여 곰곰이 생각해 보았다.

아내가 무슨 이유로 나에게 짜증을 부리며 쌍욕을 하는지 그때까지도 이해가 되지는 않지만, 그렇다고 홀로 집을 나오는 건 아니라는 생각이 들어서, 카톡으로 아내에게 다음과 같은 문자를 보냈다.

카톡으로 길게 말하기가 어려워
짧게 몇 마디 하려고 합니다.
사람은 누구나 장단점이 있다는 것을
당신도 인정할 것입니다.
내가 항상 느끼는 것은 나에게 대한
좋지 않은 기억들을 차곡차곡 쌓아 두고
필요할 때마다 여지없이 잘 활용하는데
정말 어리석기 그지없는 짓입니다.
좋지 않은 기억은 망각의 세계로 지워 버려야
나 자신이 편안해지는 겁니다.

나를 위해 잊으라는 게 아니고

당신 자신을 위해 잊어야 합니다.

원수는 모래에 쓰고

은혜는 바위에 새기라는 말이 있잖아요.

나의 나쁜 점들이 가슴에 쌓이면 쌓일수록

당신 자신만 괴로워질 테니까요.

앞으로 우리 서로 지난 일들을 모두 지워 버리고

측은지심으로 남은 여생을 즐겁게 살도록 노력합시다.

내가 당신에게 별로 잘한 것이 없다고 하지만

남편의 역할이 공기와 같이

고마워도 고마운 줄 모르기 쉬운 것이니까요.

사랑합니다.

그랬더니 아내의 답장이 왔다. 이 답장이 아내가 그런대로 정신이 맑은 상태일 때 나에게 보낸 마지막 서신이 되고 말았다.

결혼해서 내 나름대로 최선을 다해 살았다고 생각했는데

이제는 나이가 들어서 그런지 체력이 달려서

모든 걸 헤쳐나갈 힘이 없네요.

내 생각으론 늘 내가 참고 인내하며 살아야 하는

내가 너무 서글퍼지네요.

얼마 남지 않은 여생 서로 스트레스받지 말고
편하게 살았으면 합니다.
아내의 존재가 산소 같을 때도 있으니까요.
맘 편하게 즐겁게 잘 보내세요.

지금 생각해 보니 이때가 아내에게는 건강 상태가 아주 좋지 않을 때였다. 그래서 내게 짜증도 부리고 하였던 것 같은데, 그것도 모르고 나는 아내가 멀쩡한 사람이 괜히 나에게 생트집을 잡는다고 생각하고 나는 나 나름대로 화가 치밀어 올랐던 것이다. 아내나 나나 정말 어떻게 하면 상대방을 괴롭힐 수 있을 것인지만 생각하는 바보 같은 짓거리를 했던 것 같다. 서로 자존심과 체면을 앞세우다 보니 남들 앞에서는 아무 문제가 없는 것처럼 행동하다가, 집에 들어서면 서로 모르는 척 각자의 생활 공간에서 자기 할 일만 하면서 말없이 며칠씩 지나곤 했다.

그래서 때로는 아내가 힘들고 크나큰 아픔을 참고 견디고 있음에도 불구하고, 나는 눈치도 없이 아무 일이 없는 것으로 착각하고 무심하게 지나쳐 버렸던 것 같다. 그래서 아내에게 더욱 화가 치밀어 올랐는지도 모르는 일이다.

살면서 당연하다고 믿은 것이 사실 나만의 착각이었다면 아내는 어땠을까? 아마도 배신감, 수치심, 당혹스러움, 슬픔 등이 밀려왔을 것이다.

아내는 남편을 믿고 수십 년을 함께 살아왔는데 자기의 현재의 아픔을 몰라 주니 그 아픔은 수십 배나 더 했을 것 같다.

왜 이런 바보 같은 삶을 살았을까?

경상도 출신 사나이의 우둔함을 어찌할 것인가?

결국은 '대화 부족'이었다. 좋으면 좋은 대로 나쁘면 나쁜 대로 서로 표현을 했더라면, 잘못이 있다면 반성을 하고 고쳐 나갈 수 있었을 것인데 너무나 어리석게 살아온 것 같다.

대화 부족!!!

내가 어떻게 이다지도 우둔했단 말인가?

아내의 고통을 이해하지 못하고, 사랑하는 사람에게 상처를 주었던 그 시간들을 이제서야 후회합니다.

오호통재라!!!

지나 놓고 보면 아무것도 아니었던 일들.

이제는 모든 게 끝나 버린 상황인데,

후회한들 무슨 소용이 있을까?

그러나 후회가 된다.

그런데 이를 어쩌나.

그러나 아내가 주님 곁으로 가기 전 몇 달 전부터 아내와 나는 정말 행복한 나날들을 보냈던 것은 확실하다.

하루는 인왕산 둘레길을 걷다가 아내가 나에게

"우리 이렇게 같이 살면 좋겠다."

라고 말했다.

처음에 이 말을 들은 나는 너무나 뜬금없는 말이라 취급하고 아무런 대답도 해 주지 못했다.

하다못해 "나도 그랬으면 좋겠다."라고 대꾸를 해 주었더라면 아내가 얼마나 좋아했을까? 지금 생각하니 참으로 어리석고 답답하기 그지없다.

아내는 평소 새벽에 잠이 오지 않으면 일어나 앉아 기도도 하고 이런저런 생각들을 많이 한다.

아내는 죽음이 가까이 다가온 것을 느낀 것인지 병원에서 항암주사, 백혈구 주사, 비타민 주사, 각종 수액 등을 맞으면서, 그리고 얼굴과 다리 부종 등으로 몸이 불편함에도 불구하고, 아니 췌장암 4기라고 하는 엄청난 고통으로 밤이면 끙끙 앓으면서 까지도, 우리 둘이서 그렇게 즐겁고 행복하게 지나는 그때가 좋았던 것은 아닐까?

그래서 "이렇게 같이 살면 좋겠다."고 말하였던 것은 아닐까?

아마도, 아내나 나나 이제야 모든 것을 내려놓은 시기가 아니었던가 싶다.

이제 와서 후회한들 무슨 소용이 있으랴만,

평소에 보다 더 따뜻하게 대해 줄걸…….

항암치료할 때 모든 선택을 좀 더 잘했더라면…….

내가 암에 대한 상식이 좀 더 있었더라면…….

당신을 그렇게 빨리 보내지는 않았을 텐데.

이제 와서 너무너무 가슴이 아프며 후회가 됩니다.

사람으로 태어나면 누구나 한 번은 가는 길이라지만,

당신 말대로 내가 먼저 하늘나라에 가서

당신이 하늘나라 오실 때에

혼자 두렵지 않게 길 안내해 드리려고 했는데……

당신이 떠나고 나면

나 혼자 외롭게 살아갈 것을 그토록 염려하던 당신.

함께 살면서 세상 그 무엇보다 나를 더 챙겨 주시던

그 한없는 당신의 사랑을 무엇으로 갚아야 합니까?

당신이 죽음을 이야기할 때

이 멍청한 남편은 당신이 쾌유할 날만 기다렸다오.

미안합니다. 미안합니다. 정말 미안합니다.

당신에게 이제 내가 줄 수 있는 것은

오직 눈물 말고 아무 것도 없네요.

아내에게 보내는 편지

사랑하는 나의 아내에게!

당신이 하나님 곁으로 떠난 지 얼마 되지 않았지만,

당신의 부재는 여전히 내 마음을 무겁게 합니다.

췌장암이라는 힘든 싸움을 끝내고 이제는 더 이상 고통 없이

하나님 품 안에 안겨 있을 당신을 생각하면

위안이 되기도 하지만,

당신의 따뜻한 미소와 사랑이 여전히 그리움으로 밀려옵니다.

당신은 언제나 믿음이 깊고 헌신적인 아내였어요.

가정주부로서의 당신의 역할은

단순한 책임 그 이상이었습니다.

당신은 우리 가정을 사랑과 희생으로 지탱해 주었고,

그 덕분에 우리 집은 언제나 따뜻한 안식처가

될 수 있었습니다.

당신의 섬세한 손길과 부드러운 말씨는

우리의 삶을 풍요롭게 만들었어요.

아침 햇살이 비칠 때마다,

당신이 아침을 준비하던 모습이 떠오릅니다.

저녁이 되면, 당신과 함께 나누던 따뜻한 대화가 그리워져요.

당신과 함께 걸었던 길, 함께 웃었던 순간들,

당신의 모든 것이 나에게는 너무나 소중한 추억입니다.

그날, 하나님께서 당신을 부르셨을 때,

나는 비로소 당신이 얼마나 큰 싸움을 이겨내고 있었는지를

알았습니다.

당신은 아픔 속에서도 결코 포기하지 않았고,

끝까지 희망과 믿음을 잃지 않았어요.

당신의 용기와 인내심은 나에게 큰 감동이자 교훈이 되었습니다.

이제 당신이 하나님 품 안에서

편안히 쉬고 있다는 것을 믿습니다.

그곳에서는 더 이상 고통도, 눈물도 없겠지요.

당신의 영혼이 천국에서 영원히 행복하고

평안하길 기도합니다.

하나님께서 당신을 따뜻하게 맞이하시고,

영원한 안식을 주실 거라고 믿습니다.

당신이 떠난 이 세상에서 나는 여전히 당신을 사랑하고,

당신을 그리워합니다.

당신이 보여 준 사랑과 헌신은 내 삶의 큰 축복이었고,

당신과 함께한 시간들은 결코 잊을 수 없을 것입니다.

매일 밤 당신의 미소를 떠올리며,

당신과 함께한 추억을 되새깁니다.

사랑하는 아내여,

언젠가 우리가 다시 만날 그날까지,

나는 당신의 사랑을 기억하며 살아가겠습니다.

당신이 나에게 보여 준 그 믿음과 사랑을 잊지 않고,

당신을 생각하며 하루하루를 보내겠습니다.

당신이 없는 이 세상이 너무나도 쓸쓸하지만,

우리는 다시 만날 거라는 믿음으로 기약합니다.

당신을 영원히 사랑하며, 이제 마지막으로 불러봅니다.

여보! 사랑합니다.

2024. 6. 25

뉴욕 하늘 아래서 당신의 남편으로부터

"주신 자도 여호와시요 취하신 자도 여호와시오니 여호와의 이름이 찬송을 받을지니이다"(욥기1:21)라고 말한 욥처럼, 고난 중에도 하나님을 원망치 말고 모든 것이 하나님의 것이며 그가 주시기도 하고 취하시기도 함을 인정하고 하나님께만 찬송과 영광을 돌리자.

아멘

老교수의
자전적 간병일기

초판1쇄인쇄 2025년 1월 10일
초판1쇄발행 2025년 1월 15일

지은이 정타관
펴낸이 조승식
펴낸곳 도서출판 북스힐
등록 1998년 7월 28일 제22-457호
주소 서울시 강북구 한천로 153길 17
전화 02-994-0071
팩스 02-994-0073
홈페이지 www.bookshill.com
이메일 bookshill@bookshill.com

정가 15,000원
ISBN 979-11-5971-660-7

* Published by bookshill, Inc. Printed in Korea.
Copyright ⓒ bookshill, Inc. All rights reserved.
*저작권법에 의해 보호를 받는 저작물이므로 무단 복제 및 무단 전재를 금합니다